JN026437

神域

SANCTUARY

下

真山仁

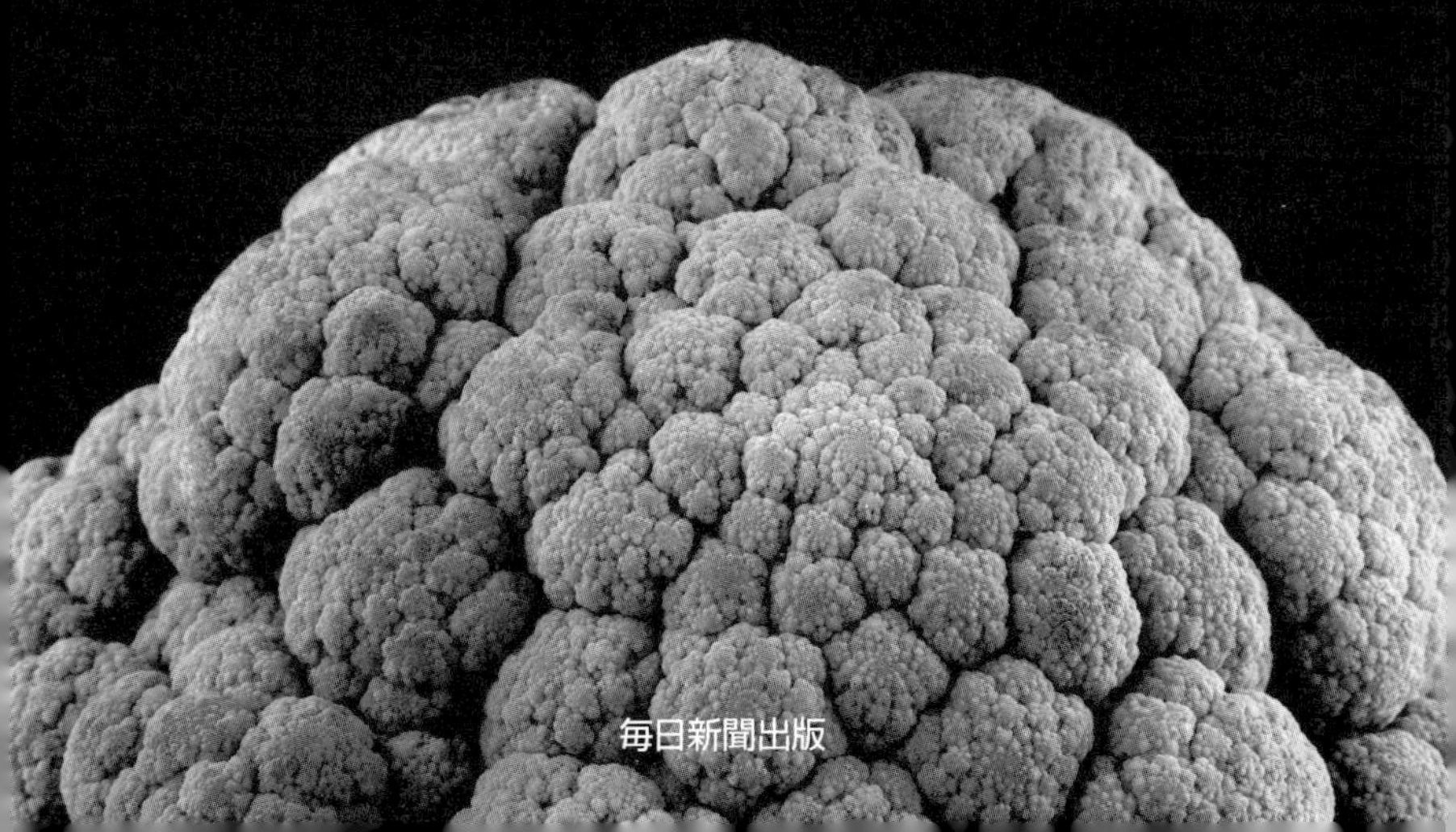

毎日新聞出版

神域（しんいき）

下

神域／目次（下巻）

第四章　事件　7
第五章　相克　67
第六章　暴露　113
第七章　破綻　157
エピローグ　267

主な登場人物

篠塚幹（しのづかかん）　アルキメデス科学研究所長
秋吉鋭一（あきよしえいいち）　東京大学先端生命科学研究センター教授
周雪（ジョウシュエ）　秋吉の研究室で助教を務める中国人留学生
祝田真希（いわたまき）　アルキメデス科学研究所の実験責任者
氷川一機（ひかわかずき）　アルキメデス科学研究所の理事長、Ｉ＆Ｈホールディングス会長
荻田護（おぎたまもる）　氷川専属の主治医
瀬田鏡子（せたきょうこ）　氷川専属の看護師
大友正之介（おおともしょうのすけ）　アルキメデス科学研究所の技官　兼　篠塚の秘書
麻井義人（あさいよしと）　先端医療産業開発革新機構（ＡＭＩＤＩ）の革新事業推進本部長
丸岡貢（まるおかみつぐ）　ＡＭＩＤＩ理事長
雨宮時臣（あまみやときおみ）　内閣総理大臣
板垣茂雄（いたがきしげお）　内閣参与
嶋津将志（しまづまさし）　経済再生担当大臣　兼　再生医療産業政策担当大臣
大鹿（おおしか）　嶋津の秘書官

香川鞠佳（かがわまりか）　暁光新聞の医療記者
トム・クラーク　アメリカの医療ジャーナリスト
楠木耕太郎（くすのきこうたろう）　宮城県警宮城中央署刑事課刑事第一係長の警部補
松永千佳（まつながちか）　同署刑事課刑事第一係の巡査部長、楠木の部下
渡辺（わたなべ）　同署生活安全課の巡査部長
浅丘勉（あさおかつとむ）　同署刑事課庶務係の巡査部長
棚橋（たなはし）　同署署長
勝俣浩伸（かつまたひろのぶ）　同署刑事課長
門前純一（もんぜんじゅんいち）　宮城県警刑事部捜査一課管理官
喜久井（きくい）　宮城県警本部捜査一課長
立田（たつた）　東北大学医学部法医学教室教授
江崎龍一郎（えざきりゅういちろう）　宮城県仙台市議
イアン・クーパー　フェニックス社の社長
篠塚幹夫（しのづかみきお）　篠塚幹の父

第四章　事件

1

〝宮城中央署では、連続する認知症高齢者の失踪と、死体遺棄の関連について調べています〟

次のニュースに移ったところで、篠塚はテレビを消した。

ノックと共に大友が現れて、頭を垂れて謝っている。

「ご迷惑をおかけしてしまい、大変申し訳ございません」

「大友さんが謝ることではないでしょう。責任はすべて私にある」

「いえ、私がこんな事態を引き起こしてしまいました」

エイジレス診療センターには時々、徘徊老人が運び込まれていた。その中で、自分の名前も分からない彼らを、フェニックス7の〝治験〟に利用すべきだと進言したのは、大友だった。

「認知症が進み、人間としての理性や知性を失い記憶が混濁しながらも生き続けることが、本当に幸せなんでしょうか。それは、何より罹患経験者である私自身が痛感致しております。人間の尊厳のために役に立つ方が、価値のある人生と言えるのではないでしょうか。それよりも、回復する可能性まであるんです」

そう言って押し切ろうとする大友に、篠塚は抗えなかった。いくらサルでの実験を繰り返してもヒトとは決定的に違う何かがある。地球生物の中で最も知能の高い人間の脳の仕組みには、余りにも不明点が多すぎた。

そして、その実験対象に最初に名乗り出たのが、大友だった。


アルキメデス科研に移籍した篠塚は、優秀な技官の確保に苦労していた。そこで、フェニックス7研究の初期からサポートしてくれた大友の復帰を望んだ。

定年退職した大友が、山梨県内で暮らしていると聞いて、篠塚は会いに出かけた。東大在職中に妻を亡くし、一人娘が嫁いだ先の近所で借家住まいをしていた。

二年ぶりの再会だった。

大友は見る影もないほど老け込んでいた。

「孫を誘って、太公望を気取りますよ」と送別会で笑っていた敏腕技官の鋭い目は、もはやすっかり消えていた。

仕事人間だった反動か、日がなする事もなく過ごしている内に、少しずつ痴呆が進んだようだ。

再会した時には、まだ一日の半分ぐらいは正気を保っているが、時々何もかも分からなくなると、大友は自嘲気味に笑った。

「もはや、所長方(せんせい)のお役には立てないと思います」

悔しげに唇を強く結ぶ大友に、篠塚はかける言葉がなかった。

ところが、夕食の席で、大友は居住まいを正して、お願いがあると言った。

「私にできることなら、喜んで」

「私に、フェニックス7を移植して戴きたいんです」

予想していなかった提案に、篠塚は笑い飛ばすこともできなかった。

それどころか、ずっと篠塚の頭の奥底で少しずつ溜まりつつあった黒い願望が、大友の提案に激しく反応したのだ。

動物実験は順調に進んだ。だが、審査機関は、フェニックス7の治験を認めようとはしない。磨き上げたフェニックス7には、自信がある。否定的な意見を並べる斯界(しかい)の重鎮たちを見返すために、人体への移植を試してみたい、という誘惑に駆られたことは一度や二度ではない。

「氷川さんとお約束があるのは、私も知ってますよ。そのためには一人でも多くの移植例が必要です。それに今度また徘徊し、知らない地で保護されるようなことがあれば、私は自殺します」と大友も煽(あお)ってくる。

その時は、大友の状態を徹底的に調べた上で相談しようとなんとかなだめて、結論を出さなかった。

結局、篠塚は誘惑に勝てなかった。

そして、大友へのフェニックス7の移植は成功した。

この成功がなければ、いくら強く求められても諸積に移植しなかった。

やがて、夜間に徘徊している老人を、大友が保護し、フェニックス7を移植した。

鋭一にすら告げずに、篠塚は禁断の〝治験〟と試行錯誤を続けた。我を忘れて没頭した。そして、問題をひとつひとつ解決し、フェニックス7に改良を加え、治験の申請まであと一歩のところまで辿り着いた。

その過程で、様々な副作用が起き、その都度ＰＫが命を落とした。

――所長、差し出がましいですが、この方たちは、ここに運ばれて来た段階で、既に亡くなられています。徘徊して、元の場所に戻れなかったということは、誰に看取られることもなく野垂れ死ぬのです。

そんな惨めな死が待つ彼らを、所長は救っているのです。失われた正気を取り戻し、思い残すことなく、あの世に旅立たれた。

それを幸せと言わずして、何と申しましょうか。

誰もが納得し、涙ながらに所長に感謝したではないですか。そして、皆さんは自発的に、〝治験〟の承諾書にご署名もくださいました。

ですから、どうか罪の意識を持たないでください。

そして、亡くなられた方のためにも、本当の治験実現のために邁進してください。

大友の鬼気迫る励ましに、篠塚は自身を正当化した。もっとデータが欲しいという欲望に抗えなかった。

そして後戻りできない場所に足を踏み入れてしまった。


「遺体の処理方法を再検討しました」

大友の決然とした発言で、篠塚は現実に引き戻された。

「これ以上はダメだ。このトラブルは、警鐘だ。暫く治験は控えよう」

「所長、そんな弱気でどうするんですか」

「弱気じゃない。とにかく、昨日の患者(クランケ)の脳の状態を徹底的に検証したい。暫く治験者を連れてくるのは、控えてください」

本当にそれでいいのか。大友の目がそう訴えている。

だが、篠塚は頑として譲らなかった。

「承知しました。現在も特別滞在クランケがおります。この方たちに万一のことが起きた場合は、私が穏便に処理します」

「具体的には？」

「所長は、ご存知ない方がよろしいかと」

それは卑怯（ひきょう）だと思った。だが、何か言う前に大友は背を向けて部屋を出ていった。

いずれこういう事態が起きるのは分かっていた。だが、いざ現実に起きてみると、我ながら呆れるほど動揺している。

大きなため息をついて、篠塚は椅子の背もたれに体を預けた。気づくと、両手が震えている。

怖いのか。

バカな。

覚悟して、禁断の果実を食べたのではないのか。氷川のためではなく、アルツハイマー病を持つ多くの高齢者とその家族の地獄を、一刻も早く解消したい。

子どもの頃に見た祖母の信じられない光景が脳裏をよぎる。

あれは、家族の絆をぶった切るほどの破壊力があった。

あんな事態は日本から消滅させなければ――。そう誓って医者の道を選んだんじゃないのか。

大友に唆（そそのか）されたわけでも、氷川のプレッシャーに屈したわけでもない。自分自身の信念を貫いただけだ。

医者は、病の苦しみから人を救うために存在する。そのために、やれることは何でもやる。

医療が進化する道程に保身の入る隙はない。

院内ＰＨＳが鳴った。発信者は鋭一だった。

〝今、真希ちゃんと、複数の持病があるクランケの実験シミュレーションを検討しているんだが、意見を聞きたいんだ。実験棟まで来てくれるか〟

「分かった――おまえ、大丈夫か」

〝大丈夫って？　なんだ、二日酔いなのか〟

昨夜、解剖の後、二人で明け方までワインを飲んだ。

「まあな。鋭一は、問題なしか」

〝僕は、朝から元気ビンビンだ。二日酔いに効く良い薬、持っているけど〟

「遠慮しておく。どうせ、無認可の秋吉スペシャルとかだろ」

〝鋭いなあ。けど、市販のどの薬剤より効くぞ〟

こんな時は何を飲んでもダメなのだ。忙しくすること、それが一番の薬だった。

2

朝から、失踪高齢者連続死体遺棄事件捜査班用に用意した電話一〇台が鳴りっぱなしだった。

報道発表すれば、少しは有意義な情報が集まるのではと思った楠木の思惑は、想像以上の大当たりとなった。

〝ウチのばあちゃんも、きっと誰かに殺されたんです〟

受話器の向こうで、男性が早口でまくし立てている。

「申し訳ないんですが、まず、お名前とご住所、そして、おばあさまの名前を教えてくださ
い」

電話番号はディスプレイ上に出ているので、既に控えている。

それにしても、市外局番098ってどこだ。

〝ばあちゃんの名は、豊見城(とみしろ)ともってんだ。とにかく、こっちきて話を聞いてくれないか〟

場所を聞いたら、沖縄県那覇市と返ってきた。

「申し訳ありません。ちょっと遠すぎる。那覇市内の警察に連絡してもらえますか」

相手はまだ喚(わめ)いていたが、楠木は電話を置いた。

会議室の入口で、刑事課庶務係の浅丘巡査部長(ぶちょう)が、手招きしている。

早くも課長からお小言か、と思って廊下に出た。

「署長室に、お客だよ」

「誰?」

「捜一の管理官だそうだ」

動きが早すぎないか。

とはいえ、わざわざ仙台市の警察本部からお越しなのだから、丁重に話を伺わねばならない

だろうな。

「大丈夫か。俺も手伝おうか」

浅丘が見かねて声をかけてくれた。

「ありがたいが、また怒られるんじゃないか」

庶務係は刑事部屋の留守居役と決めつける刑事課長は、浅丘が業務外の仕事をするのを嫌う。

「平気さ。今は、暇だしな。気にするな」

浅丘はそう言うと、楠木の席に座った。楠木は階下に降り、署長室をノックした。

「よお、忙しいところ悪いね」

相変わらず陽気な署長の棚橋が、右手を挙げて挨拶した。隣に座れと言っている。その前に、立ち上がっている若いエリートに挨拶した方がいいな。

「ご苦労様です。宮城中央署刑事課刑事第一係、係長の楠木耕太郎です」

「宮城県警刑事部捜査一課、管理官の門前純一(もんぜんじゅんいち)と申します」

着任挨拶の文字が赤のゴム印で押された名刺を差し出してきた。ご丁寧にも着任日まで記されていたが、四ヶ月以上も前の日付だった。

県警の刑事同士で名刺交換もないだろう、と思ったが、棚橋が頷いているので、慌てて名刺入れを引っ張り出した。

「門前管理官は、今回の楠さんの手腕に感服されて、ぜひ勉強させて欲しいとおっしゃっているんだ」

　こんな厄介者を背負い込みたくないんだが。

「あの、私の手腕とおっしゃいますと？」

「行き倒れのお年寄りの死に不審を抱き、事件の存在を察知された刑事としての嗅覚と申しましょうか、慧眼と申しましょうか。ぜひ、おそばでじっくり学ばせていただきたいんです」

「お言葉ですが、私から学べるようなものは、何もありません。そもそも、単なる妄想かもしれませんから」

「おいおい楠さん、謙遜しなさんな。もしかしたら、連続殺人犯が逮捕される可能性だってある」

　棚橋は、完全に面白がっている。

「捜査のお邪魔は致しません。私が警視だということもお忘れになって、顎で使ってくださ
い」

　救いを求めるように棚橋を見た。見るんじゃなかった。楽しさが押えられないような笑みを浮かべている。

「これは、喜久井のお願いでもある」

　捜査一課長の名を出すとは、卑怯な。

「分かりました。ただし、一週間で勘弁してください」

「ありがとうございます！」

わざわざ立ち上がって、頭を下げられた。やれやれ、松永だけでも大変だというのに、また、勘違い野郎のお守りか。

その時、良いアイデアが浮かんだ。

だったら、二人でコンビを組ませればいいんだ。

3

麻井は今日もまた、電話に叩き起こされた。

〝起こして悪かったな〟

AMIDIの理事長、丸岡だった。麻井は体を起こして、ベッドサイドに置いた腕時計を見た。午前七時三分だ。こんな早朝から電話を入れてくるのだから、とてつもなく良からぬ事が勃発したのだろう。

「いかがされましたか」

〝I&HとA B C(アメリカン・バイオ・カンパニー)が合弁企業 フェニックス7米国で治験か――暁光新聞の一面の見出しだ。これで官邸が大騒ぎしている〟

クソ！　香川、こういう情報を事前に送る仁義がないのか！　ネタを取る時は下手に出る癖に、大事な時には連絡もしてこない暁光新聞の女記者が許せなかった。

「すみません、事前に察知すべきでした」

〝裏取りでもされたのか〟

「いえ、まったく」

〝ならば、おまえさんが謝ることじゃない。それよりも、I&Hの氷川会長が、アルキメ科研にいるらしいぞ〟

うっそ、と思った瞬間、昨夜、篠塚がカラオケに行かなかった理由が分かった。

なんだ、どいつもこいつも、俺を蔑ろにしやがって。

「氷川に会ってきましょうか？」

〝どんなことをしても、捕まえて欲しい。そして、記事を否定させるんだ。これは、総理のご意向だ〟

「だったら、私ではなく板垣さんから説得してもらった方が、よろしいのでは？」

〝それが板垣さんと連絡が取れないらしい〟

厄介だな。

〝とにかく、すぐに氷川を捕まえて、事実確認してくれ〟

丸岡の声が切羽詰まっている。すぐに動いた方がよさそうだ。

〝分かっていると思うが、午前中が勝負だ。他紙の夕刊やＮＨＫの正午のニュースで流れたら、取り返しがつかない〟

電話を切ると、フロントにタクシーの手配を頼んだ。

そして、顔だけ洗い、すぐにチェックアウトした。

タクシーに乗り込むと、麻井はノートパソコンで暁光新聞の記事を検索した。

問題の記事はすぐに見つかった。執筆署名は、サンフランシスコ特派員・道尾晴哉とある。初めて見る名前だ。

サンフランシスコ郊外に、ＡＢＣの本社があるが、製薬業界の事情を知らない者が、こんな大きなスクープは書けない。

香川を呼び出した。

数コールで相手は出た。

〝はい〟

寝起きの声ではなかった。

「今、サンフランシスコか」

〝あっちゃあ、さすがだなあ。麻井さん、早朝からお疲れ様です〟とあっけらかんと返された。

「特ダネ命の君が、手柄を同僚に譲るなんて、どうした?」

〝いやあ、さすがに、私の署名が入るのはまずいでしょ。ＡＭＩＤＩは出禁になるだろうし、嶋津大臣も電話に出てくれなくなるし、シノヨシにも相手をしてもらえなくなる〟

勝手な女だ。

「それが困るなら、協力しろ」

〝いいですけど。代わりにコメントもらえますか〟

「先に、俺の質問に答えてからだ」

〝かなり強引ですね。太平洋を挟んでも、お怒りの顔が目に浮かぶ〟

「情報源は、誰だ？」

〝ＡＢＣの幹部です〟

ウソだな。この手の情報漏洩を、アメリカ企業は企業の内部統制として認めない。特に、製薬会社の機密保持はどの業界よりも厳しい。

「板垣さんだろ」

〝ノーコメントです。ていうか、私は今、サンフランシスコにいるんですよ〟

発信源が板垣なら、香川は板垣と一緒に、サンフランシスコに飛んだ可能性がある。だったら、板垣と連絡が取れないのも頷ける。

「この後、何が出る？」

〝と、おっしゃいますと？〟

「惚(とぼ)けるな。君がシスコにまだいるのは、次の花火を打ち上げるためだろう」

〝麻井さん、ホント鋭いですねえ。確かに、第二弾でもっと凄いのを準備しています。でもそれは言えません〟

麻井はさっきから、自分が何か重要な情報を見落としているような気がしていた。それが何か、今、分かった。

「サンフランシスコにいるというのは、ウソだな。君がいるのは、サンノゼだ」

先頃、国際再生医療協力会議が行われたサンノゼには、アメリカが多額の投資をして米国国立再生医療総合研究所（National Regenerative Medicine Research Institute）がオープンしたばかりだ。

相手が黙り込んでいる。

「アメリカ政府の再生医療プロジェクトの誰かからコメントを取ったんだな」

そこで電話が切れた。

もう一度電話をかけようとしたがやめた。

そして、丸岡宛にメールを送った。

〝『暁光』へのリークの背後に、米国政府の存在の可能性。第二弾でもっと大きな爆弾が炸裂するようです。仕掛け人は、板垣と香川。板垣氏はサンノゼかも知れません〟

アメリカ政府としては、一刻も早く日米のフェニックス7治験プロジェクト情報をオープンにして既成事実にしたい。そうすれば、フェニックス7の研究成果を日本が独占できなくなるからだ。

だとすれば、たとえ氷川が否定コメントを出したとしても、何の効力もない。

なんてことだ！

そもそも厚労省や官邸は何をしていたんだ。アメリカ政府が板垣を巻き込んで、泥棒まがいのことをしているのを、誰も気づかなかったのか。

日頃、アメリカ大統領との親密な関係を自慢している総理も、とんだ役立たずだ。

すぐに丸岡から、返信が来た。

〝たった今、ＡＢＣが、合弁企業設立の交渉を認めた。締結間近で、日米で夢のプロジェクトを推進したいというチェンバー副社長のコメントまで出ている〟

麻井は丸岡に電話した。

「この期に及んで、氷川に会う必要がありますか」

〝いくら板垣さんが暗躍したところで、ＡＢＣとの合弁企業設立に関するすべての決裁権は氷川にある。とにかく、奴の腹の内を探って欲しいんだ。一体、奴は何を焦っているんだ。Ｐ７の研究は順調に進んでいるという話だろ。なのに、なぜ治験を急ぐ？〟

「分かりません。その理由を探ります」

〝それと、ついでにシノヨシを我が方に引っ張り込んでおきたい〟

また面倒なことを。簡単に言わないで欲しい。

「彼らに、雑音を入れるのは、逆効果では？」

〝しかし、彼らが日本でやりたいと思ってくれるのであれば、やり方はある。二人をアルキメ科研から引っぺがし、同等以上の待遇を保証して、東大に戻ってもらう〟

4

濃いめのコーヒーを啜りながら、篠塚は暁光新聞の一面の記事を読んでいた。

I&HとABCが合弁企業

フェニックス7米国で治験か

相変わらず、暁光新聞は派手に書き立てているな。もっとも、記事の量は多いが、中身は薄い。それでも、日本の再生医療学会と業界は、大騒ぎだろうな。

前夜の氷川の様子から、いずれこういう記事が出るだろうとは予想していたせいか、あまり驚きはなかった。

麻井が、朝から大騒ぎしている。

氷川の秘書の話では、午前八時前にアルキメデス科研に乗り込んできて、氷川に会わせろとうるさいそうだ。だが、秘書は「理事長は不在」を押し通している。

篠塚のスマートフォンにも、さっきから何度も着信があるが、無視している。

麻井に話すことなど何もない。

そもそも篠塚は、答える立場にない。

麻井は鋭一にも連絡を入れているだろうが、鋭一は就寝中に、通信機器の類を全てオフにしている。そして、彼の起床時間は昼過ぎだ。

理事長室秘書から連絡が入った。

〝荻田先生が、お見えになりました〟

「すぐそちらに行く。それから、絶対に、麻井さんを私の部屋に入れないように。あと、鋭一にも接触させないように、周雪にも伝えてくれ」

篠塚は白衣を羽織るついでに秘書に言い残して、篠塚は理事長専用診療室に向かった。

理事長専用診療室は、アルキメデス科研の最上階にあるが、公には氷川専用のスポーツジムで通っている。

その存在を知っているのは、理事長秘書と篠塚、さらに、氷川専属の主治医と看護師だけだった。

診療室では、主治医の荻田護がいて、カルテをチェックしていたが、篠塚が訪ねると、すぐに本題に入った。

「氷川さんのアルツハイマーが進行しているとのことですが、篠塚所長からまず、お話を伺えればと思いまして」

篠塚は、勧められた患者用の丸椅子に腰を下ろした。患者用といっても氷川専用なので、座り心地の良い特注品だ。

篠塚は、フェニックス7の治験や開発の話題は除いて、昨夜の氷川の様子を伝えた。

細かくメモをしていた荻田の手が止まった。

「所長がご覧になった感じは、いかがですか」

「印象としては、普段と変わらなかったですね。理事長は、大変ストイックな方ですから、本当のところは分かりません。もっとも、ご自身が自覚したという点は、重要だと思っています」

「気づくきっかけがあったんでしょうか?」

「それについては、聞いていません。ご承知のように、理事長はアルツハイマー病罹患者に神経を尖(とが)らせています。そのため、ちょっとした物忘れが続くと、いよいよ来たかと不安に思う傾向がありますから」

体験した全てのことを、自覚的に記憶している人などいない。記憶には刻まれていても、つい忘れてしまうのは、年齢に関係なくよくあることだ。むしろあまりに神経質になりすぎて、疑似罹患になる場合もある。

人の思い込みは恐ろしい。マイナス思考のスパイラルに陥った途端に、体に異常はなくとも、痛みや苦しさを体感するのだ。氷川もその状態なのではないかと、篠塚は分析している。

「ひとまずは、理事長からお話を伺うしかないですね。所長は、同席されますか」

篠塚は「差しつかえなければ」と返した。

「瀬田さん、お呼びして」

看護師の瀬田鏡子が部屋を出ていった。

「それにしても、朝からメディアが騒がしいですね」

篠塚は苦笑いを浮かべてごまかした。

荻田が気になるのは分かるが、何も教えられない。

「ところで所長、個人的な興味で伺いたいんですが、フェニックス7は、治験まで、あとどれくらいかかるんでしょうか」

「まだまだですよ。越えなければならないハードルが幾つもあります」

「フェニックス7の移植が可能になると、我々内科医は、商売あがったりになりそうですね」

荻田は、父から引き継いだ大病院の理事長兼病院長だ。本来、現場にいる必要もないのだが、本人は内科医として臨床に関わりたいらしい。

「再生細胞だけで、全ての疾病が完治するわけがないと思いますよ。何より、患者と向き合う臨床医がいなければ、医療はできない」

篠塚は、本気でそう思っている。

医療とは、患者と向き合うことから始まるサービス業だ。その窓口となる臨床医が、患者とコミュニケーションを取り、病を診断しなければ、治療方針は決まらない。

だが、再生医療の研究が進むにつれて、臨床医の多くが、喪失感に苛（さいな）まれている。

今後は医療従事者との協働についても検討し、新しい医療サービスのあり方を選ばなければならないと篠塚は考えている。

「やあ、わざわざこんな片田舎まで呼びつけて申し訳ない」

瀬田に付き添われた氷川が明るく言った。早朝から、暁光新聞のスクープで騒々しかったことなど、おくびにも出さない。

「まずは心音を」と言って荻田が聴診器を手にすると、氷川は、素直にシャツをまくり上げた。

「事情は、篠塚所長から伺いました。今までにも似たような出来事がおありでしたか」

「いや、初めての経験だ」

――目が覚めたら、知らない女が裸で寝ていたんだが、何も覚えていないんだ。

氷川が告白した時のこわばった表情を、篠塚は鮮明に覚えている。恐怖に怯えた子どものようだった。

「一昨日について伺います。朝は何時に起床されましたか」

氷川はしばらく考え込んでいたが、やがて、顔を上げるとよどみなくしゃべった。

「起床は、普段と同じ午前五時二十七分だったな。まず、自宅周辺を三キロジョギングした後、筋トレを二十分。朝食を摂って――」

その調子で、日中の行動について切れ目なく説明が続いた。それが、午後六時二十五分に会社を出たと言った直後に止まった。

「ちょっと待ってくれよ。あの日は、誰と食事したんだろう」

理事長秘書が、さりげなく篠塚にタブレットを提示した。

〝午後七時、赤坂割烹「津やま」、板垣内閣参与、大鹿大臣秘書官と会食〟とある。

こんな重大な会合を忘れたのか。

「おかしいな。ぽっかり抜け落ちている」

「では、夜の会食後は？」

「ダメだ。それも分からない。どういうことだ！」

大きく目を見開いて氷川が、篠塚の方を向いている。それは怒りの表情なのだろうか。あるいは、怯えか。

氷川は急に立ち上がると室内を歩き回った。そうして足を動かせば、記憶が蘇ってくるとでもいうかのように。

しかし、十分経っても、そこから先の記憶は蘇ってこなかった。

「氷川さん、では、もう少し先に進みましょう。次に記憶があるのは、いつ、どこですか」

「翌日、寝室で目覚めた時だ。あの日は珍しく寝坊した。起床は午前七時十九分だったか」

そして、彼のベッドに裸の女が寝ていたと、氷川は躊躇なく口にした。

「いっしょにいらした女性は、お知り合いですか」

聞きにくい問いを、荻田はあっさりと口にした。

「いや、一度も会ったことがない。だから、その女に聞いたんだ。あんたは誰で、ここで何しているると」

「女性は、お答えになったんですか」

「相手も、自分が起きた場所と私を見て、驚いていた。小さな悲鳴を上げたかと思うと、慌てて服を着ようとした。タクシーを呼んでやるから待つようにと言ったんだが、そのまま部屋を出ていった」

相手の女性の反応も不可解だった。

氷川のプライベートについては、与り知らない。三十代で結婚しているが、三年ほどで離婚している。娘が一人いると聞いたことがあるが、現在は接触がないそうだ。

以降、女優やモデルと浮名を流したが、いずれも短期交際で、特定の交際相手がいるのかも知らなかった。

「分かりました。では、MRIを撮りましょう」

アルキメデス科学研究所本館の地下二階に、氷川専用のＭＲＩ室があった。

「おい、俺は一昨日、誰と食事をしたんだ？」

氷川に尋ねられて秘書は、答えた。

氷川は、端で見ていても分かるほど、大きなショックを受けていた。

「そんな重大なことを、俺は覚えていないのか」

握りしめられた拳が、震えている。

5

「五分でいいから、氷川さんか篠塚さんに会わせてもらえないでしょうか」

既に一時間以上、麻井は受付で粘っている。同じやりとりを一〇回以上も繰り返して、受付嬢に懇願していた。

「麻井さま、何回言われましても、氷川は不在ですし、篠塚所長は、本日は終日、重大な研究の最中でございまして」

受付嬢の胸ぐらを摑んで怒鳴りつけてやりたかった。だが、そんなことをしても、通報されるだけだ。

ひとまず、ここで待つのは無意味だと判断した。

どういう作戦で攻めようかと考えながら正面玄関から出たら、声をかけられた。

「AMIDIの麻井さんですよね」と言って、顔見知りの新聞記者が近づいてきた。彼に数歩遅れて、他のメディアも集まり、麻井は囲まれてしまった。

「アルキメ科研には、どんなご用で？」

「視察ですよ、視察。昨日からお邪魔していてね」

「じゃあ、麻井さんは、ABCとの合弁会社の件をご存知だったんですね」

「ご冗談を。あれは、寝耳に水でしたよ。で、偶然視察に来ていたので、その事実関係も尋ねようと思ってね」

「で、門前払いされたんですよね」

嫌な言い方だな。

「こちらでは、その問題については答えられないと言われた」

「それにしては、随分粘っていたじゃないですか」

「せめて、篠塚所長に事情を聞きたかったんだけど、実験中で面会が叶わなかったんだ」

「AMIDIとしては、アメリカでの治験について、どう思われますか」

「事実関係を確認しているところだから、お答えする状況にありません」

「でも、既にABCは、I&Hとの合弁企業設立もフェニックス7の治験の実施も認めているんですよ。これ以上、どんな事実関係を確認するおつもりですか」

自分を囲む記者たちの口調がだんだん熱を帯びてきた。

「アメリカ企業がどう言おうと、私たちとしては、フェニックス7の研究を行っている当事者に話を聞きたい。それが筋でしょう？　申し訳ないが、急ぐので」

取り囲んだ輪を強引に割って、麻井は空車のタクシーに駆け込んだ。

「どちらに？」

運転手に尋ねられて、どこに行くつもりなのか考えていなかったことに気づいた。

6

「楠木君、ちょっと見てみたまえ」

遺体解剖を進める立田教授が、声をかけてきた。本当は、頭蓋骨なんて見たくもないが、そうも言っていられない。

県警捜査一課管理官の門前が、解剖室を飛び出していった。気分が悪くなったのだろう。一方の松永は、怖々だが楠木の肩越しに遺体を見ている。

「ここだ。頭蓋が側頭骨から外されている」

モスグリーンの手術用の手袋に握られたメスの先が、開頭痕を指し示している。

「やはり、先に解剖した者がいたんですね」

「そうなるな。それに、今回のホトケさんは、頭蓋骨の至る所にヒビが入っている。頭蓋を外すと、とんでもないことになるかもな」

解剖助手の女性が、入念に写真撮影したあとに、立田が頭蓋を外した。

中から白子のような脳が勢いよく溢れ出てきた。

「うぉ！　なんすか、今の。脳みそが破裂したんっすか」

松永の声が裏返っている。

「破裂というより、脳が膨張している。こんな脳は見たことないな。まるで増殖しているようだ」

「教授（せんせい）、脳の量は成人したらもう増えないと仰（おっしゃ）っていませんでしたか」

動物の場合、大抵の細胞は新しい細胞が次々と入れ替わって、生命を維持している。だが、脳細胞は一度形成されると、あとは死んでいくばかりなのだと、楠木は聞いている。

アルツハイマーはそれが激しくなった状態で、脳細胞が萎縮して次々と死んでいく。そのために脳機能障害が起きるのだ。

「その通り。だが、このホトケさんの脳は、増殖したとしか言いようがないな」

「悪い薬でも打ったんすかねえ」

松永が余計なことを口にした。

「そんな薬を私は知らんがね。いずれにしても、脳細胞が大増殖し、頭蓋骨に収まりきらずヒビが入るほどになった。そうだとすると、脳内の血管が圧迫され流れなくなったり、破裂もするだろうな」

「そんな。いったい原因は、何なんすか」

「不明だ」

「病気っすか」

「そんな病気などない」

「じゃあ、殺しってことっすよね。でも、どうやって？」

「お嬢ちゃん、私の仕事は、解剖だ。殺人事件の捜査は、あんたがやればいい。だから、暫く黙っていてくれ。それができないなら、出て行け」

楠木の背中に隠れるようにして遺体を覗き込んでいた松永は、「失礼しました」と謝っておとなしくなった。

暫くの間、解剖を進める作業の音と、立田が録音用に吹き込む所見の声だけが解剖室に響いた。

脳全体が取り出されたところで、楠木が遠慮がちに尋ねた。

「死因は、何だと思われますか」

「脳内の血管が何本も破裂しているから、脳出血だと思われる」

「だとすると、血の量が少なくありませんか」

開頭した時から気になっていた。

「そうだな。先に開頭した時に、流出したんだろうね」

背後で松永がもぞもぞしている。また、質問の虫が騒いでいるんだろうが、自重しているようだ。

ともかく、捜一に本気で相談すべきかもしれんな。どう考えても、これは単なる死体遺棄事件では済まない。

「ざっと見た限りでは外傷はない。だから、私の口から他殺という言葉は出ないと思ってくれたまえ」

「分かりました。でも、死体遺棄の前に、解剖が行われたことがほぼ裏付けられました。さらに、前回と同様、脳に異変があったと、確認できましたから、充分です」

立田は、助手に脳についての検査すべき項目を指示している。

それを終えたところで、楠木が頼んだ。

「東北大学で、脳について詳しい教授をご紹介戴けませんか」

立田は暫し考えた末に答えた。

「脳神経内科部長の安房(あわ)君かな。それとも、生命科学で脳の研究をしている梨本君か」

慌てて手帳を開いた松永が、「フルネームを教えてください」と割り込んできた。

「そんなもの、知らんよ。安房君は部長だから、分かるだろう。生命科学に梨本という教授は二人いるが、脳の研究をしているのは、女性だ」

「ありがとうございます。先生の死体検案書をいただいた上で、ご相談してみます」

楠木が告げると、立田が頷いた。

「なるべく早く出せるようにするよ。それと、二人には私から話をしておく」

「それは、助かります。では、私はこれで。松永と門前は残していきますので」

門前が、ようやく解剖室に戻ってきた。だが、彼はトレイの上に置かれた脳を見るなり、再び、部屋を飛び出していった。

「あの坊やは、ここに残すより連れて帰ってやった方がいいんじゃないのかね」

「いいえ、彼は志願して捜査に加わったんです。貴重な体験を、しっかりと味わってもらいます。松永、無駄口を叩くなよ」

ペンを持ったまま、松永が敬礼した。

7

ＭＲＩの検査結果データを、篠塚は食い入るように見つめた。

脳の一部で萎縮が始まっているようにも見える。

「荻田先生は、どう見ますか」

「微妙ですね。これは脳神経外科医に診てもらうべきだと思います」

エイジレス診療センターに脳神経外科の医師が一人いる。だが、彼は今、手術中だ。

「こちらの画像は、一ヶ月前に撮影したものです。比べると、脳が萎縮しているようには見えます」

荻田が、二つの画像を重ねた。

確かに、大脳の左の一部に、細かい穴が開いているようにも見える。

どれほど医療や生命科学での研究が進んでも、脳の機能については、謎だらけだ。

右脳は創造力、左脳は論理的な思考などとよくいわれるが、ごく限られた実験から推測される程度の裏付けしかない。アルツハイマー病で起きる帰巣本能の欠如や記憶の欠落なども、実際、脳のどの部分が損なわれると発生するのかはまだ未解明だ。

「理事長は、明確な診断を欲しています。そして、診断結果に一喜一憂されています。私が楽観的なことを言うと、必ず疑いの目で睨まれます」

「いっそこの画像を見せましょうか」と篠塚は押してみた。

アルツハイマー病だと断定される方が、安堵するのかもしれない。

「いや、それはよしましょう。それより、健全な生活態度やストレスレスな時間を増やしていただくことが一番です」

荻田の言う通りなのだが、多忙を極める氷川には無茶なアドバイスだ。

ノックと共に、秘書が入ってきた。

「あと、三十分でご出発されます。診断結果のご説明をお願い致します」

「どちらへ行かれるんですか」

「今晩、サンノゼに飛びます」

荻田が推奨するようなライフスタイルなど、できるわけがないな。

秘書が下がったのを確かめてから、篠塚は言った。

「荻田先生、この画像を理事長に見せましょう。そして、少し生活態度を改めない限り、進行すると伝えます」

「僕は反対です。専門家の裏付けもない状態で、患者を不安にさせるのは無意味です」

なるほど、こういう内科医の良心を振りかざすから、氷川は荻田を嫌うのか。

「荻田先生、私も脳の専門家ですよ」

「これは、失礼。ですが、篠塚所長はこの程度で、理事長はアルツハイマー病ですと断言なさるんですか」

「断言する必要はありません。ありのままを見せて、最終判断まで時間は要するが、それまでの間、仕事をセーブして欲しいと伝えるんです」

「うーん、それも僕のやり方じゃないなあ」

「先生のやり方を破っていただくのは忍びないです。けど、理事長の性格を考えると、本人にデータを洗いざらい見せないと、我々のアドバイスには耳を貸しません」

その結果、フェニックス7の実用化は、さらに急(せ)かされることになるだろう。

「分かりました。では、篠塚所長からご説明ください」

そう来たか。


理事長室では、氷川がスマートフォンに向かって、厳しい口調で話している。英語で話しているということは、相手はアメリカの誰かだろうか。

篠塚と目が合うと、氷川は電話を切り上げた。

「急かして、申し訳ないね」

「お気遣いなく」

握りしめていたスマートフォンがすぐに着信を伝えたが、氷川は無視してソファに座った。篠塚もそれに倣う。

「聞かせてもらおうか」

「限られた時間ですから、確実な診断は無理です」

氷川は渋い顔で頷いた。

「ただ、一ヶ月前のMRIと今日のを比べると、気になる箇所がありました。まもなく、解析データが、アルキメ科研のデータベースに載りますので、それでご説明します」

「じゃあ、左端のデスクトップを使ってくれ」

氷川の机の上には、三台のPCが並んでいる。左端のそれは、彼の体調記録をはじめ、アルツハイマー病をはじめとする認知症に関する情報だけを集めている。

パソコンは既に立ち上がっている。待ち受け画面には、I&Hグループのロゴである不死鳥（フェニックス）が羽ばたいていた。

アルキメデス科研のデータベースに繋ぎ、先月の検査結果と今日のデータを呼び出した。

「これが、一ヶ月前の検査のもの、そして、こちらが今日のものです。ここに、萎縮の可能性が見られますが、とにかく精査が必要です」

氷川は眼鏡をかけて、画面を凝視している。

「間違いない。脳細胞の萎縮が始まっている」

「理事長、その判断は時期尚早です。私の経験則からすれば、まだ、疑いのレベルすらありません」

荻田が、異議を唱えた。

「君は、どこを見てるんだ。明らかに、ここの部分は、萎縮しているだろうが！」

「理事長、荻田先生の見立てに私も賛成です。これだけで判断するのは、性急過ぎます。結果が出るまでは、仕事をセーブしていただきたい」

「それは、無理だ。ＡＢＣとのベンチャーを立ち上げるのは君らも知っているだろう。これからサンノゼに行って、契約の詳細を詰めてくるんだ」

「それでは治るものも治りませんよ。昨日の出来事は、異常なストレスが招いたのかもしれません。記憶を失うのは、アルツハイマー病に限った症状ではありません。極度の疲労や長時間ストレスがかかる状態が続けば、健康なアスリートでも似たようなことが起こります」

「分かっている！」

氷川は怒りにまかせてデスクを叩いた。秘書が姿を現した。

「ご出発の時間です」

「理事長、一つご提案があります」

篠塚はとっさに思いついたことを口にした。

「瀬田看護師を同行させてください。彼女が、日常生活を監督します」

8

「ちょっと車を停めてくれないか」

ＪＲの宮城市駅に向かっていた麻井は、上空を通過したヘリコプターが気になっていた。

「ドアを開けてくれ。外の空気を吸いたい」

既にヘリコプターの機影は小さくなっていた。それでも、アルキメデス科研の本館屋上にあるヘリポートに着陸したのは見えた。

「くそっ！　やっぱりいたんじゃないか」

そのヘリに、氷川が乗り込んでいるという確固たる裏付けはない。だが、ヘリコプターが黒一色に塗装されており、底面にフェニックスをあしらったＩ＆Ｈのロゴが見えた気がしたのだ。

Ｉ＆Ｈのヘリが使えるのは、限られた幹部だけだ。つまりは、氷川だと直感した。

ＡＭＩＤＩに勤務する元Ｉ＆Ｈ社員に電話を入れた。Ｉ＆Ｈに在職していた時は、車輛の管理をしていた人物だ。

「Ｉ＆Ｈは、東北にヘリを常駐させているのか」

〝いきなりなんですか〟

一緒にゴルフを楽しむ間柄とはいえ、さすがに唐突すぎた。最低限の情報を伝えた上で、もう一度、問いを繰り返した。

〝アルキメ科研用に、仙台空港にヘリを駐機していたと記憶しています〟

「プライベートジェットは?」

〝普段は、茨城空港に駐機しています〟

羽田や成田空港の駐機枠には制限があり、しかも駐機費用がバカ高い。そのため、企業のプライベートジェットは地方空港に預け、必要な時に、羽田や成田に飛ぶのが一般的だ。

「昔の知り合いに頼んで、ヘリとプライベートジェットの状況を探ってくれないか」

タクシーに戻ると、麻井は運転手に仙台空港に行くように告げた。

ヘリには勝てないが、プライベートジェットの離陸までには間に合うかもしれない。

移動中に麻井は、丸岡に現状を報告した。

〝私はあと三十分で、官邸に行くんだが〟

「丸岡さんが?　どうしてですか」

〝総理が、暁光のスクープに、怒り心頭なんだ〟

「じゃあ、板垣さんは総理に事前の説明もなく暴走したんですか」

〝分からない。今、俺は内閣府の嶋津大臣の部屋で大臣の戻りを待っているんだが、情報がまったく入ってこないんだ〟

ニッポンの再生医療を束ねるＡＭＩＤＩに、最新情報が入らない——それは事態の深刻さを物語っていた。

「舞台の中心は、サンノゼのようです」

〝どういうことだ？〟

「サンノゼには、米国国立再生医療総合研究所（ＮＲＭＲＩ）が、オープンしたばかりです。そこに、板垣参与も暁光新聞の香川もいます。おそらくは、氷川もそこに向かうのではと」

珍しく丸岡が、英語で悪態をついた。

〝つまり、売国奴が、サンノゼに集結しているわけか〟

売国奴という言葉には違和感がある。彼らは現実主義者なだけなのだ。

「売国奴かどうかは、ともかく。フェニックス７の命運は、サンノゼで決まるでしょうね」

〝サンノゼにいる裏付けはあるのか〟

「まだですが、すぐに確認できます」

〝大至急やってくれ〟

「了解です。その場合、私もサンノゼに行った方が良いと思うんですが」

〝そうだな。じゃあ、麻井君、それも頼む〟

丸岡との通話を終えた麻井は、次にＮＲＭＲＩにいる昔の同僚に連絡した。

9

署長室で楠木が報告を終えると、まず勝俣刑事課長が口を開いた。

「立田教授は、他殺までは言及していないんだろう。だとすれば、殺人事件と断定するのは、時期尚早だな」

事なかれ主義が染みついている勝俣が、そう言うのは想定内だった。

「しかし、本当に殺しだった場合、捜査一課が怒るかもしれません」

「なんだ、なんだ。脅すのか」

勝俣が不快感をあらわにした。

「リスク回避のご提案を述べているだけです。しかも、門前管理官殿も捜査に参加しているんです。彼の口から喜久井さんの耳に届く可能性もあります」

勝俣の不快指数が限界を超えたのだろう。唇を歪め腕組みをしたきり、何も言わなかった。

「私から喜久井に、一声かけておこうか」

「署長、助かります。お願い致します」

棚橋署長は、捜査一課の喜久井と親しい。捜査一課でコンビを組んだこともある。

「まかせておけ。で、捜査の目処については、どうだね?」

「死因解明が急務です。あと、今回は雪のお陰で、遺留品もそれなりに集まりました」

楠木は写真を、テーブルに並べた。雪に残されたタイヤ痕や靴跡の写真だ。いずれも分析に回している。

「ホトケは遺棄される前に解剖されています。それが捜査の重要な鍵になると思います」

「それが、大きな謎だな。一体何のための解剖なんだろうな」

それが解明できれば、真相に近づける気がする。

「解剖は、どこでもできるものではありません。それなりの設備が必要です。そこでこれから市内及び周辺市町村の病院を当たります。可能性が高いと思われるのは、閉院した医療施設です」

たとえば、市民病院だ。宮城市は財政難で、三年前に市民病院を閉鎖しているが、今もまだ、建物は残っている。また、個人の診療所の中にも、簡単な手術が行えるところはある。

「そこで、サイコ野郎が、メスを振るっているんだな」

これは連続殺人事件の可能性がある。だとすると、棚橋の言う通り、精神を病んだ「サイコ野郎」の犯行と考えるべきかもしれない。

そんな事件の捜査経験が楠木にはないが、基礎知識としては、その手の事件には異常性が遺体に残る。しかし、今回の遺体には外傷はない。また、先週発見された檜山妙の遺体からも、毒物は検出されていない。そこが気になるのだ。

「何か引っ掛かるのかね？」

棚橋に気づかれてしまった。

「私の浅い経験値ですが、どうも連続殺人犯（シリアルキラー）の犯行には見えないんです」

「楠木さん、下手をすれば複数の高齢者を殺害した可能性があるんだぞ。どう考えても、異常者の犯行だろう」

暫く、沈黙していた勝俣が、急に息を吹き返した。

「今朝見つかった遺体は、まだ、解剖中です。しかし、先週発見された檜山妙同様、立田教授は、今回も他殺の可能性は低いとおっしゃっています」

「すると、ホシは徘徊老人を拉致監禁して、死んだら解剖して、それで棄てたというのか？」

「まさしく」

「解剖マニアかな？」

棚橋の突飛な発言も、あながち否定できない。

「そうかもしれません。ただ、それなら病院の死体安置所から遺体を盗む方が楽ですよね」

棚橋は納得したようにうなり声を上げた。

「奇妙奇天烈な事件だな」

その表現なら、楠木も同感だった。

「もう一つ、檜山妙と今回の遺体に共通点があります」

楠木は迷った挙げ句に、切り出した。

「二人のホトケさんは、いずれもアルツハイマー病を患っていました。立田教授の話では、アルツハイマー病というのは脳細胞が萎縮するため、脳内はヘチマのタワシのようにスカスカになっているとか。ところが、このお二人の脳はいずれも、そういう状態にありませんでした」

楠木の脳裏に、立田と共に見た脳の状態が蘇った。脳細胞が大増殖して、それで血管を圧迫し、頭蓋骨にヒビまで入っている――。

そこで署長室のドアがノックされて、渡辺巡査部長が入ってきた。

「失礼します。今朝のホトケの身元が割れました」


遺体の身元は、宮城市内で米穀店を営む高木昇の母、高木トメ八十二歳の可能性が高い。行方不明者届が出されたのは、約三ヶ月前だ。

楠木は渡辺を連れて、高木トメの自宅に向かった。

単純な行き倒れ死なら、身元確認のために、家族に署に来てもらえばいい。だが、今回はこちらから出向いて、事情を聞きたかったのだ。

「脳みそが爆発しそうだったと、松永が言ってましたが」

ハンドルをしっかりと握って、渡辺は慎重に雪道を走行している。

「そうだ。もしトメさんがアルツハイマー病だったなら、主治医に会って、カルテや脳のＭＲＩ結果を借りて来いと立田教授から言われている」

「というと？」

楠木は、アルツハイマー病の症状を簡単に説明した。

「つまり、生前の脳と遺体発見後の脳の状態を比較するわけですね」

「そうだろうな」

「で、脳の状態がまるで違っていたら、どうなるんですか」

「分からん。そもそも、教授は、あり得ないことだと言っていた。また、それがガイシャを死に追いやったのかも不明だ」

「なんだか、ホラー映画みたいですね。一体、何が出てくるのか」

まさしく、楠木も同じ心境だ。


高木米穀店は、国道沿いに店を構えていた。規模は大きく、店構えにも歴史を感じた。

店内では、若い従業員が忙しそうに米袋を台車に積み込んでいる。

渡辺が身分を名乗って、主（あるじ）を呼んでもらった。

「主人は、ただ今配達に出ておりますが」

応対に出てきたのは、五十代ぐらいの女性だった。高木昇の妻だという。

「実は今朝、女性のお年寄りの行き倒れのご遺体が発見されまして」

「――もしかして、ウチのおばあちゃん？」

「その確認を、お願いしたいんです」

渡辺が一番生気を感じさせる遺体写真を見せると、妻は「ああ……」と言って息を呑んだ。

「主人をすぐに呼びますので、ちょっと待ってもらっていいですか」

女性は奥に引っこんだ。すぐに夫と電話で話す声が響いてきた。

「そう！　今、警察の人が来て」

携帯電話で話しながら高木昇の妻が、戻ってきた。

「あの、夫はどちらに行けばいいでしょうか」

「ひとまず、自宅に戻ってきていただけませんか」

まだ、解剖が終わったという連絡がない。だとすると、遺体との対面には、時間がかかる。

10

午前十一時に篠塚が所長室に戻ると、〝実験棟に、ちょっと来てくれ〟と書かれた鋭一のメモが、パソコンのディスプレイに貼りつけられていた。

篠塚は、秘書に実験棟に行くと告げた。

「取材は、全てお断りでよろしいんですよね」

「そうだ。なんだ？　誰か気になるのがいるのか」

「アメリカの医療ジャーナリストのトム・クラークさんです」

そうか、日本に行くので取材したいと、クラーク記者から連絡があったな。

「クラークは、どこにいるんだ？」

「宮城市内だそうです。予定は、本日の午後三時からだったのですが、リマインドの電話が、三十分ほど前にありました」

「それで、断ったのか」

「はい。クラーク氏には納得していただけませんでしたが。随分前にアポイントメントを取っていたし、所長に会うためにアメリカから来たんだから、何としても時間を取って欲しいと」

クラークの訴えは当然だった。問答無用で断るのは、さすがに失礼が過ぎる。

だが、そもそもクラークが書いた記事のせいで、氷川はフェニックス7の治験を急ぐようになったんだ。ある意味、騒動の発端なのだ。

ホンネを言えば、そんな人物からこのタイミングで取材を受けて、さらに騒ぎを広げたくない。かといって、無下にするわけにもいかない。

「今日ならいつでもいいとおっしゃっています。どうされますか」

「分かった。じゃあ、取材に応じるよ」

篠塚は、部屋を出た。

いよいよタイムリミットまでの針が動き始めた。もはや、一刻の猶予もない。

ABCと設立する合弁会社の研究所は、既にアメリカで準備が整っていると、氷川は語っていた。

その方が、治験が進むからだ。

フェニックス7の治験が行えるのであれば、どこに研究所があっても、氷川としては問題ないのだ。研究開発者だって、シノヨシである必要もないと思っているかもしれない。

自らの明晰な頭脳を維持するためには、氷川は何一つ躊躇わず、ベストチョイスだけで突き進むだろう。

その船に、篠塚と鋭一は乗り遅れるわけにはいかない。

そして、他の誰でもない自分たちこそが、フェニックス7で、人類に福音を与えるんだ。

実験棟に行くと、鋭一と祝田がコーヒーを飲んでいた。

「おっ、お疲れ！　今日は、大騒ぎだな」

鋭一は上機嫌だ。篠塚のためにコーヒーを用意しようと祝田が立ち上がった。

「さっきヘリが来ていたが、ボスが乗っていったのか」

「世界を股にかける男だからな。けど、ここにいる君らには雑音も聞こえないんだから、いいじゃないか。ところで何の用だ？」

本題に入ろうとしたところで、祝田がマグカップをテーブルに置いた。

コーヒーを一口飲んでから、篠塚は手近な椅子に腰かけた。

「真希ちゃんのコーヒーは、なんでこんなに旨いんだろう。おかげで、生き返ったよ。ありがとう」

「そいつは何よりだ。じゃあ、祝田先生、お願いします」

「P7の暴走の要因を、もう一つ、見つけた気がします」

画面に映っているのは、二匹の実験用のサルだった。

「P7の暴走の原因を調べるために、様々な生活習慣病のマウスを用意しました。さらに、万が一を考えて、複数の持病を持つサルも用意したんです。そしてこのサルに、P7を移植したところ――」

祝田が新しい画面を開いた。

フェニックス7の増殖が止まらなくなり、サルが死に至る様子が映し出された。

「降圧剤で高血圧症を抑え込んでも糖尿病を併発しているサルは、ほぼ死滅しました」

「血圧は正常値なのに？　なぜだ」

「原因は、まだ解明できていません。推測ですが、高血圧症が完治したわけではないからではないかと」

「つまり、糖尿病を併発していれば、脳細胞の増殖が止まらないということか」

ありそうな話だ。

「人体の神秘ってやつだな」と鋭一は、軽く考えているような口ぶりだ。

「秋吉先生、神秘なんてもんじゃありません。私たちは、薬で病を治療している気になっていますが、それは間違いだという証ですから。薬は所詮、その程度なんです」

生命科学の専門家らしい言い分だったが、篠塚にはどうでも良かった。

「糖尿病を抑え込んだら、どうだ？」

「糖尿病の原因である血中の高血糖を抑えることはできますが、それもまた、完治ではありません。なので、どこまで効果があるか」

血糖値を下げても効果がない場合、重大な問題が生じる。

厄介だな。

このままでは、アメリカでの治験も先が思いやられる。

いずれにしても、祝田をアメリカに連れて行く必要がある。だが、彼女は治験を時期尚早だと考えているようだ。

さて、どうすればいい……。

「あの……、Ｐ７をアメリカで治験するってニュースサイトで読みました。あれは事実なんですか」

祝田が思いつめたように尋ねてきた。

「まだ、決定ではないが、Ｉ＆ＨとＡＢＣが合弁ベンチャーを作るのは事実らしい。そこで何をするのかは、不確定のようだけれどね」

「では、場合によっては研究の拠点が、アメリカに移るんですね」

「それも分からない。ちなみにアメリカに拠点が移るとしたら、真希ちゃんは一緒に来てくれるかい？」

「即答できません。でもホンネを言うなら、ここで続けたいです」

11

「やはり、今回の合併については、アメリカ政府が深く関与しているようです」

米国国立再生医療総合研究所（NRMRI）に勤務する知人がくれた情報を、麻井は丸岡に伝えた。

〝つまり、Ｉ＆ＨとＡＢＣの合弁会社はアメリカ政府主導ということか！〟

「大統領の側近と板垣さんは、サンノゼで会っているという情報もあります」

〝側近の名は？〟

「カール・ハイアセンだと」

丸岡が、名を聞いて黙り込んでしまった。

〝そんな大物が出てきているのか〟

カール・ハイアセンは、大統領首席補佐官で、米国の次なる成長産業の創出が彼の最大のミッションだ。元々はハーバード大学の戦略論の教授で、その後、現大統領に請われて、政策立案の中枢を担うようになった。

ハイアセンは立案だけではなく、自ら交渉の最前線に立って米国の覇権復活に奔走している。

〝板垣さんは、何を考えているんだ〟

そこが、麻井にも不可解なところだ。

「まったく分かりません。ただ、嶋津さんの秘書なら、何か知っているかもしれません」

〝大鹿君か〟

「ええ。彼は板垣さんとべったりのようです」

〝分かった。で、氷川の方は接触できそうか〟

「分かりませんが、頑張ります。それより丸岡さん、総理にも頑張ってもらってください。ご自身が三顧の礼を尽くした内閣参与が、日本を裏切ろうとしているんです。どんなことをしても、それを阻止すべきです」

〝ああ、私もそう申し上げるつもりだ〟

電話を切ると、元I&Hの同僚からメールが来ていた。

〝氷川会長のプライベートジェットの出発時刻は午後〇時十五分〟

「クソ！　運転手さん、もっと飛ばして」

タクシーは高速道路を飛ばしてくれたが、空港に到着したのは午後〇時三分だった。

タクシーから飛び出した麻井は、プライベートジェットの搭乗口まで一気に駆けた。

「氷川さん！」

ちょうど、氷川が搭乗口に向かっていたところだった。

氷川は電話で誰かと話している。代わりに秘書が近づいてきた。

「氷川さんに、五分だけお時間を戴きたい」

電話を終えた氷川に秘書が伝言を伝えると、「三分だけなら」と返ってきた。

「お急ぎのところ、申し訳ありません。ＡＢＣとの合弁ベンチャーの件です。あれは、事実なんでしょうか」

「まだ、何も決まっていませんよ。これから、その最終交渉に行くんです」

「ベンチャーの目的は、フェニックス７の早期実用化ですよね」

「それも、未定です。ＡＢＣの会長から連絡がありましてね。とにかく会って話をしようと言うんで、その準備をしているところに、あんな記事が出ちゃったんです。まったく、メディアは厄介だね」

氷川の言葉は、一言も信用できない。麻井の疑念は、確信に変わった。

「フェニックス7は今、大切な時です。拙速に成果を上げようなんて思わないでください。どうか、日本の宝となるフェニックス7を大切にしてください」

「もちろんだよ」

いきなり氷川に握手を求められた。

「ありがとう。今の言葉を、しかと受け取った。では」

氷川の柔らかな手は、やけに汗ばんでいた。

12

「これが、高木トメさんのカルテです」

遺族から許可を得ると、楠木と渡辺は大急ぎで令状を取った。トメの主治医を訪ねた時には既に午後二時を回っていた。

カルテによると、トメの徘徊は約二年前から始まっており、それで宮城市内にある病院に通院していたようだ。

「こちらで、入院もされていたんですね」

「一ヶ月ほど。楠木さんもご承知のように、ウチは認知症患者さんの長期入院を受け入れていないんで」

そうだった。楠木の母、寿子もここで受診しており、主治医もトメと同じだ。

「アルツハイマーは進行していたんですか」

「ゆっくりと進行中という感じでした」

見るからに温厚そうな主治医の松前勇人は、忙しいはずなのに丁寧に応対してくれる。

「行方不明になったのは、ご存知でしたか」

「お嫁さんから聞きました。診察日にいらっしゃらなかったので、問い合わせたんです」

「先生の見立てとしては、どんなことが考えられますか」

「それは、楠木さんの方がご専門でしょう。徘徊は通常、ご本人と縁がある場所を巡るのが一般的です。すぐに見つかると考えていたんですが、ご不幸なことになってしまって」

楠木は、法医学教室で撮影したトメの死顔の写真を提示した。

「発見時のトメさんですが、何かお気づきの点はありませんか」

松前は、写真を手にして暫く眺めた。

「なにしろ毎日、大勢の患者さんを診察するもので……。正確なことは言えませんが、どことなく以前よりも健康的になったような印象があります」

死人に健康的というのも変な表現だが、松前の言いたいことは理解できる。

息子夫婦もこの写真を見て、「こんなにふっくらして」と驚いていた。

「ご遺体が発見されたのは、行方不明になって約三ヶ月後です。我々の経験則からすると、行方不明になったお年寄りの場合、どこかで行き倒れて亡くなっているという場合が多いです。しかも、先生が仰るとおり、失踪前より健康的な状態で見つかるとなると、奇異です」

「確かにそうですね。考えられるとしたら、どこかで保護されていたのに、また、徘徊して戻れなくなってしまったということかな？」

「そんな奇特な場所があるんですか」

「ないですね。というより、保護するくらいなら、ご家族に連絡するか警察に届けを出すのでは？」

そういう通達は以前から出している。

「これは、事件なんですね」

「どういう意味です？」

「ニュースでやってませんでしたっけ。失踪高齢者連続死体遺棄事件が起きていると」

「ええ。この聴取もそのためです。ところで、このＭＲＩ写真を見ると、素人の私でもトメさんの脳が委縮してるのが分かります」

渡辺がＭＲＩの写真を、松前に見せた。

「かなり進んでいましたからね」

「だとすると、こんな状態になるのは、あり得ないと思われませんか」

そう言って次に見せたのは、解剖時のトメの脳の写真だった。

「トメさんを開頭したら、脳みそが溢れ出てきました。脳細胞が膨張して、頭蓋骨にヒビまで入っています」

松前は解剖写真をにらみながら唸っている。

「あり得ないですね、こんなこと……。健常者でもあり得ない。こんな奇妙なものは初めて見ます。これは何ですか?」

「トメさんの脳です」

「そんなバカな。そもそも脳細胞は増えるようなものではないんです」

科学者である松前は、明らかに拒絶反応を示している。

「考えられる可能性は、ありませんか」

「ありませんね。僕の知る範囲では、こんな現象はあり得ない」

13

篠塚がトム・クラークに会うのは、半年ぶりだった。前回は、スイスのジュネーブの学会で、発表した内容について、取材を受けた。そして今日は鋭一も一緒だ。どうしても立ち会うと言って譲らなかったのだ。

一八〇センチを超える長身のクラークは、切れ味鋭い原稿とは異なり、取材で受ける印象は、穏やかな哲人のようだ。

篠塚は、メディアの取材攻勢のせいでクラークに不快な思いをさせたことを詫びた。

「ドクター篠塚は悪くないですよ。むしろ、とんでもないビッグニュースが飛び込んできた時に、お二人にお会いできるのは、幸運です」

「クラークさん、大変申し訳ないのですが、I&HとABCの合弁ベンチャーについては、私たちは一切お答えできません。ご理解ください」

「ベンチャーには、興味はありません。それよりも、アメリカで治験が行えるほどに、フェニックス7の完成度が上がったことに、興味があります」

紳士的なクラークらしい婉曲(えんきょく)的な切り込みを、篠塚は愛想笑いと共に聞き流した。

「トム、取材を受ける前にまず、君にも謝って欲しい」

黙って聞いているだけだと約束していたくせに、鋭一がさっそく割り込んできた。

「何を、お詫びするんですか」

「まともに取材もしないで、君がP7に重大な問題発覚と書いた記事についてだよ」

「それは、ご挨拶だなあ。問題が発覚したのは事実でしょう?」

「P7は、まだ研究中なんだぞ。トライアル&エラーを繰り返すのは、当然だ」

「高血圧のサルが、皆、脳細胞の増殖が止まらなくなって死んでるじゃないか。さらに、その暴走は、マウスでは起きなかったのに、サルでは多発した。そんな重大な問題を無視するわけにはいかない」

「皆じゃない。一〇%以下だ。しかも、原因も突き止めた」

「ドクター篠塚、高血圧が原因だそうですね」

クラークが涼しげに言い放った。

麻井など限られた関係者には報告しているが、どこにも発表していない情報だ。

「誰がそんなことを」

「情報源をお知らせすることができないのは、お分かりですよね」

クラークは紳士の微笑みを返してきた。

「では、つまらぬ詮索はやめます。脳細胞増殖が止まらなかった理由については、まだ未発表ですが、クラークさんには、正しくご理解戴きたいんで、正直に申し上げましょう」

篠塚の譲歩にクラークは、「光栄です」とだけ返して、ノートを開いた。

「副作用の原因は、おっしゃる通り高血圧でした。但し、それは降圧剤の投与で治まりました」

「血圧の上限値は?」

「一二〇の八〇前後です。あとで、実験棟にご案内して、動物実験の責任者の祝田が、詳しくご説明します。いずれにしても、これはトラブルではありません。様々な状態のサルに対して、フェニックス7を移植して、その効果をチェックしています。その過程で、大きな発見があった、ということです」

「サルで暴走した理由は？」

篠塚が答えようとしたら、鋭一が割り込んできた。

「今のところ、検証中だ。でも、P7が活躍するのは、脳なんだ。霊長類の複雑怪奇な脳の仕組みの大半は、解明できていない。だから、マウスとサルの反応の違いについて解明できるのは、P7が実用化されてからかもしれない」

「脳の再生細胞の場合は、そうした点も解明してから実用化するべきでは？」

「治験で、安全性と効果の安定性が証明できればいいと考えている」

この世には、仕組みが解明されていないのに、実用化されている薬剤は山のようにある。

実際、IUS細胞であるフェニックス7も、それより広く知られているiPS細胞も、時間を逆行させて受精卵と同じ状態に戻す〝初期化〟を可能にする仕組みは未解明なのだ。

クラークは、医療の先進化に幾分懐疑的な立場を取っている。人は必ず死ぬのであり、治療には限界を設けるべきというのが、持論だ。だから、現状ではフェニックス7の人体への移植に反対している。

「実はごく最近、フェニックス7について、もう一点、課題が存在することが分かりました」

「ほう。ドクター篠塚、具体的に教えて欲しいな」

「それを聞きたいのであれば、我々の交換条件に応じて欲しい」

「僕が、情報の取引はしない主義だと知っていて、持ちかけるんだね」

「君がわざわざここまで来たのは、フェニックス7の実態を知りたいからだろう。その熱意に敬意を表して重要な情報を君に渡す。その代わりに、教えて欲しい情報があるんだ」

「条件を聞いた上で判断する」

「君は、政府機関にも友人が多いだろう。アメリカ政府は、どのタイミングで、我々の研究を飲み込むつもりなんだ」

　鋭一の研究仲間が、アメリカ政府は、最後は実力行使でフェニックス7の成果を横取りするつもりだ、とご忠進してくれた。

　クラークは、相変わらずポーカーフェイスだ。何を考えているのかは類推すらできない。

「悪いけど、それは僕にも分からない」

「知らないのか」

　鋭一が詰め寄った。

「まったく知らないわけじゃない」

　もったいつけた言い方だな。

「じゃあ、知っていることを教えてくれないか」

クラークは大きく息を吸い込んだ。

「分かった。この点について僕は、アメリカ政府のやり方に異論があるから教えるよ。アメリカ政府は、I&HとABCによる合弁ベンチャーを後押ししている。そして実用化の目処がついたところで、政治介入するらしい」

第五章　相克

1

二十六年前――

その日、父は晴れがましく演壇に立っていた。背後には「祝　ガードナー国際賞受賞　東京大学　篠塚幹生教授」という横断幕が掲げられている。

ガードナー国際賞というのは、生命科学と医学分野におけるノーベル賞に匹敵する「凄い！」賞なのだと、母が誇らしげに教えてくれた。

この賞を取った多くの学者が、その後、ノーベル賞も受賞しているとも言っていた。

だが、幹は、あんな嬉しそうな笑顔で人前に立つ父が、恥ずかしかった。

十五歳、中学三年生という思春期の真っ盛り独特の拗ねた感情のせいだろうか、と冷静に自己分析してみた。

いや、違うな。

もっと、根の深い部分にある父への不信感が、この軽蔑の源だ。

あの人は、こんなものを手に入れるために、家族を犠牲にしてまで研究室に籠もっていたのか。

こんなものなんて言うと、多くの研究者に叱られるかも知れない。何しろ、脳の老化についての研究で、画期的な発見をしたそうだから。

しかし、父の研究は、研究のための研究に過ぎない。

幹が幼かった頃に、父は自身の仕事について語ったことがある。

「お父さんは、人間という生き物が、どうして生きているのかを勉強しているんだ。特に、脳がどのように働くのか。そして、年を取ったら、脳がどんなふうに変化するかを研究している」

幹は、「どんな病気でも治る?」と聞いた。父は、「病気どころか、幹が大きくなったら、年を取らずに生きられるようになるかもしれないねえ。老人がこの世からいなくなるんだ」と嬉しげに答えた。その時は、父は凄い! と誇らしく思った。

幹が長じて小学校の高学年になって、この話を父にすると「覚えてないな」と冷たく返された。

ただし、誰にも真似できない「凄い!」研究なんだと、父は繰り返した。

なのに、父は、自分の大便を喰らうほどに壊れてしまった祖母(父にとっては実母だ)の脳を治せなかった。

珍しく家族が揃ったある日の夜、幹は父にお願い事があると言った。

「お父さんの研究で、おばあちゃんを治療してあげて」

「それは、無理だな」

「どうして？」

「お父さんの研究成果は、治療には使えない」

「なぜ？」

「お父さんの研究は、生命科学なんだ。医学じゃない」

意味が分からなかった。

母が説明してくれて、少しだけ違いは分かった。

「でも、病気どころか老人にもならない研究だって、昔、教えてくれたじゃないか」

「理屈ではな。だが、そう簡単じゃない。幹ももう少し大きくなったら、分かる」

「じゃあ、いつもお父さんは自分の研究を凄いって言ってるけど、おばあちゃんの病気は治せないんだ」

父の顔つきが変わった。

「なんだと」

「お父さんはウソつきだったんじゃん」

生まれて初めて、父にぶたれた。

そのショックと父の欺瞞(ぎまん)に腹が立って、父に茶碗を投げつけた。するとさらに平手打ちが数発。そこで、母が割って入った。

「何をするんですか！　幹は間違ったことは言っていません。それに、ご自身の苛立(いらだ)ちを子どもにぶつけるなんてどうかしてます！」

母の怒りに、父は目を見開いていた。振り上げた右手もそこで止まり、震えている。

「幹もショックだったんです。大好きなお義母(かあ)さまの大変なところを目撃して。それを」

父は黙ってテーブルから離れると、家を出て行った。

「なんで、逃げるの！」という幹の叫びを無視して。

以来、幹は父を軽蔑するようになった。


そして、今、「脳の劣化と老化の構造」という研究で、外国の「凄い！」賞をもらってにやけている男が許せなかった。

どうせ、人は治せないんだろ。

象牙の塔で、いつまでもささやかな生物の反応の変化や培養の成功で、一喜一憂していればいい。

世の中は、あんたの研究なんて必要としていない。

「ちょっと幹、何をふて腐れているの。記念写真撮るわよ」

暴君のような父に仕え、義母のために、特別養護老人ホームに毎週通う母は、いつだって前向きで明るい。

「ほら、幹！　笑顔！」

母には、いつも笑顔でいて欲しい。その思いから、スピーチを終えた父と三人での記念写真に収まった。

「成績優秀だそうだな。その調子で、父さんの跡を継いでくれよ」

上機嫌の父が、無邪気に言った。

冗談だろ。俺はあんたの跡なんて継がない。

きっと、父は激怒するだろう。

その顔が、見たかったのだ。

だが、現実はそうならなかった。

母が突然、脳梗塞(こうそく)で倒れたのだ。

2

取材を終えて、トム・クラークとコーヒーを飲んでいる時に、秘書が声を掛けてきた。

「所長、よろしいですか」

クラークと鋭一の二人は実験棟を見に行くと言うので、彼らを送り出してから秘書に用件を聞いた。

「お父様が、お見えです」

「誰の？」

「所長のです」

正夢になったか！

昨夜、久しぶりに、父と猛喧嘩(もうげんか)するという夢を見たのだ。

「アポなんか入ってたっけ？」

「東北大にご用事があったようなのですが、早く終わったので、立ち寄られたそうです」

七十六歳になっても、父は元気だ。政府がつくばの産業総合研究所に新設した生命科学進化研究センターの顧問を務め、研究も続けている。

脳科学の分野では世界的な権威であり、今なお海外からも講演などの依頼が後をたたない。いきなり訪ねて来られるのは迷惑だが、追い返すわけにもいかない。

「ここに通して」と秘書に言ってから、鋭一にLINEで事情を伝えた。

よりによって、こんな忙しい日に、なぜやってくるんだ。

ベランダに出ると、雲一つない快晴だった。前夜に降り積もった雪に、太陽の光が乱反射して眩しい。

両手を広げ、大きく深呼吸した。

肺の奥まで冷気が入ってきた。

良い気持ちだ。

このあと、久しぶりにクロスカントリーにでも出かけよう。

アルキメデス科研に来てから覚えたクロスカントリー・スキーは、篠塚の性に合った。山を滑降するスキーとは異なり、幅が狭く長いスキー板で、林の中を走る。それなりに技術が身につくと、ランニングよりもはるかに快適だ。しかも、素晴らしい景色の中を疾走できるので、リフレッシュにもなる。

クラークも父も、とっとと追い出そう。

「やあ、突然お邪魔して悪いな」

長身の父が右手を挙げて、いかにもすまなそうに笑う。年を取ってから覚えた技だった。生命科学の世界的権威が、なんと謙虚なことか、と周囲が褒めてくれるのが嬉しいのだ。

「いらっしゃい。どうしたんです、突然」

ソファを勧めたが、「この高さが、腰にいい」と言って回転椅子に腰を下ろした。

父がおもむろに紙袋を差し出した。

「これ、孫たちの好物だろ」

「都電もなか」だった。確かに、幹の子どもたちは、かつてこのお土産を喜んだ。それも十年ほど前の話で、高校生と中学生になった今では見向きもしない。

妻が、一人で「ああ、懐かしい」とお茶のお供に食べているだけだ。

だが、父にとっての孫たちは幼稚園児のまま時が止まっている。いや、もしかしたら息子の俺ですら幼稚園児の時代で止まっているんじゃないかと思うことがある。

「父さん、家族は鎌倉ですよ」

「あっ」と言って、父は、豊かな黒髪を撫でた。

「そうだったな。いやはや、私も耄碌（もうろく）したよ」

そんなことは毛ほども思ってないくせに。

「それで、今日は、どうされたんですか」

「メディカル・メガバンクの江戸川君に相談があってお邪魔したんだが、思ったよりも早く用が終わったんで、おまえの顔を見てから東京に戻ろうと思ってな」

東北メディカル・メガバンクは、東日本大震災の創造的復興のシンボルとして設立された、生命科学の先端研究所だった。

「そうですか。江戸川名誉教授は、お元気でしたか」

「ああ、元気溌剌だったな。元気さでは誰にも負けないと思っていたが、奴の方が上手だ」

「江戸川名誉教授は、父さんよりひと回りほども年下でしょう。当然です」

「まあね。それにしても、今朝は、P7で大騒ぎだな」

そのことが知りたかったのだろうか。

父は、世間の動きにあまり関心がないが、自身の研究分野とも重なるフェニックス7については、さすがにアンテナに引っかかるらしい。それに研究の中心人物が息子なのだから、関心があって当然かもしれない。彼なりに心配しているのであれば、ますます迷惑千万だった。

「研究は、順調なのか」

「おかげさまで」

「想定外の暴走が起きたりしているそうじゃないか」

アルキメデス科研内には、生命科学の研究者もいる。彼らは皆、父を尊敬しているし、弟子もいる。彼らが、父に情報を流しているのかもしれない。

「父さん、想定外の事ばかり起きるからこそ、実験する意味があるのでは?」

「まあそうだ。じゃあ、順調なんだね」

「何でしたら、ご覧になりますか」

「いや、やめておく。私のような原始人には、おまえの領域は、意味が分からない事ばかりだから」

ご謙遜を。父は、昨年もまた脳科学の分野で新しい発見をして、世界から賞賛された。

そこで秘書が、紅茶を持ってきた。

英国に留学したこともあって、父は紅茶しか飲まない。しかも、熱く濃いめのアールグレイが好きだった。

「お口に合いますかどうか」

偉大なる研究者を前にして緊張しているのか、ソーサーを持つ秘書の手が震えている。

秘書が部屋を出てから父は、紅茶の香りを楽しみ、一口啜(すす)った。

「うん、彼女はなかなか上手だな」

「本人に言ってやってください。喜びます」

「そんな大袈裟なもんじゃないよ」

気まずい沈黙が流れた。

「父さん、何かご用件があるのでは?」

「氷川君は、アメリカでＰ７の治験をやるようだが、おまえはどう思っている?」

「理事長がお決めになることを、とやかく言う資格はありません。何しろ、あの方のお陰で、私は思う存分研究できる環境を得ているので」

「おまえは科学者として、どう思う？　日本で許可されないからアメリカに持ち込む安易な行為に後ろめたさはないのか」

嫌な問いかけだ。

父は、昔からこういう言い方をする。

組織としてとか、社会人としての有り様には、まったく興味がない。大切なのは、科学者としての能力だった。

「理事長は、常に私の研究の一歩先の研究環境を準備してくださいます。そういう意味では、ありがたいと考えています」

「つまり、おまえは、もう治験に踏み込んでよしと考えているわけか」

世界的権威らしい厳しい両眼(まなこ)が、こちらを見つめている。

ごまかすことでもないので、肯定した。

「凄い自信だな。その割には、論文や研究成果の公開が少ないのは、なぜだね」

科学者は、常に自らの研究を公開し、積極的に論文を学会誌(ジャーナル)に発表するのが義務だと父は考えている。そして、世界中の同朋と情報提供をし合い、厳しいチェックを受けてこそ、成果となる。それが、父の生き方だった。

「私の怠慢です。まもなく、新情報が発表されます」

「氷川君が、アメリカでの治験実施を画策しているのは、日本国内では相手にされていないからじゃないのかね」

「日本の特定認定再生医療等委員会が、フェニックス7をどう考えているのかは、私には分かりません。それは、理事長も、同じだと思います」

つまらぬ議論だと思った。

「ホトトギスは鳴くまで待つものだ。おまえは氷川からのプレッシャーに負けて、力ずくで鳴かせようとしている。一つ間違えば人類にとって唯一無二のホトトギスを殺すかも知れないんだぞ」

「父さんは信長がお好きだったじゃないですか。私はアルツハイマー病に苦しむ患者さんやご家族を救いたいという一心で、一刻も早いフェニックス7の実用化を目指しているんです。危険性を無視したり、リスクを軽減せずに治験しようなんて思っていません」

「おまえは、負い目がある時は、いつも、炎が飛び出すような目で、私を見つめる。子どもの頃から変わらないな」

「なぜ、私が負い目を感じなきゃならないんです」

「それは、知らん。いずれにしても幹、成果を急いではいかん。慎重の上にも慎重に、石橋を叩いて渡るんだ」

「一つ、伺っていいですか」

「何だね」

父はティーカップをサイドテーブルに置くと、脚を組んで、ゆったりと構えた。

「父さんがアルツハイマー病になった時に、目の前に未承認のフェニックス7があったとして、使用したいと思いますか」

「愚問だね」

「と、おっしゃると？」

「使うはずがないだろう。なぜなら、治験を行い、効果と副作用の抑制の審査を受けて合格した時に、はじめてそれらは医療に用いられるんだ。それまでは、単なる研究物に過ぎない」

だから、研究で、祖母を救おうなんて考えず、特別養護老人ホームに押し込んで、あとは見舞いにも行かなかったわけか。

「なあ幹、おまえは私が母を見殺しにしたと思い込んでいるようだが、それは間違っているぞ。第一に、あの当時、私の研究レベルでは母のアルツハイマーは救えなかった」

何を今さら。祖母の病状悪化など気にもしなかったくせに。

「たとえ、研究成果が出ていたとしても、それをいきなり人体には使えない。それこそ、科学者としての常識だろう」

ならば、俺は科学者ではないんだろうな。

今自分が徘徊老人たちに行っていることを、父にぶちまけてやれば、父はどんな顔をするだろう。

「おまえは信じないかもしれないが、私はおまえを誇りに思っている。いや、おまえのような偉大な科学者が登場したことに畏敬の念を抱いている。おまえが息子であるのが、自慢だ。おまえは、私なんかとは違って正真正銘の天才だ。お願いだから、結果を焦るな。このまま地道に階段を上がれば、十年以内に、おまえはアルツハイマー病を撲滅できるんだ」

そう言われて、篠塚はたまらなく腹立たしかった。

なぜか、侮辱されているように思ってしまう。

「父さん、お褒めの言葉、身に余る光栄です。父さんのアドバイスを、今しっかり受け止めました。ご期待を裏切ることなど、致しません」

話は以上だと告げる代わりに、篠塚は立ち上がった。

3

氷川を見送った麻井は、仙台空港のカウンターに急いだ。

サンノゼの直行便に乗るには、成田経由になるのだが、成田へ行く足がなかった。仙台から成田へは一日三便運行しているが、最終便も出たあとだという。

「じゃあ、羽田行きの便は？」

「羽田に飛ぶ便は弊社を含め、ございません」

東北新幹線が開通してから、なくなっていた。

とにかく東京に帰るしかない。

仙台空港鉄道の普通電車に乗り込んでから、麻井は秘書にメールした。

〝今日のサンノゼ行きには、間に合わなかった。今晩、サンフランシスコかロスに飛ぶ便がないか調べてくれないか〟

サンノゼとサンフランシスコ間は六〇キロ余り、サンフランシスコから車を飛ばせばいい。ロスだと五五〇キロは離れているが、それでも国内便があれば問題ない。

メールを打ち終わったところで、麻井は全身から力が抜けていく気がした。

朝から諸事に振り回されて、結局何一つ成果を上げられなかった。

それどころか、時間を追うにつれて問題は拡大かつ複雑化している。その上、喫緊の課題が多すぎて、優先順位の付けようがない。

そもそも、自分は何をしにサンノゼくんだりまで行こうとしているのだ。

フェニックス7の治験を米国で行って、製品化を目指そうとしている氷川の動きについての事実確認をするためだ。氷川の会社とＡＢＣによるバイオ・ベンチャー企業の事業内容を、確認するためでもある。

それは、サンノゼに行けば、解決できるのだろうか。

いや、氷川かＡＢＣの動きを把握している人物を摑まえて、真相を聞き出せなければ、何の意味もない。

では日本で探る方法はないだろうかとも思うが、氷川の側近に、知り合いはいない。ＡＢＣの知り合いは何人かいるものの、日本支社の者が米国本社のトップシークレットの詳細を知っているわけはないだろう。

それ以外のキーパーソンは？

すぐに思いついたのが、暁光新聞の香川だ。彼女はサンノゼにいる。

サンノゼに行って、彼女に事情を聞くべきか。

尤も、彼女がサンノゼのどこにいるのか知らないし、そもそもあの女は腹を割って話せる相手ではない。記者なんぞ、そんなもんだ。

とにかく、嶋津大臣の秘書官、大鹿に話を聞くのが先だな。麻井はさっそく電話を入れた。

〝ああ、麻井さん、ちょうど、私からもご連絡をしようと思っていました。今、どちらですか〟

「仙台駅に向かっています。今から東京に戻ります」

〝えっ。まさか、氷川さんとお会いになっていたんじゃ〟

「さすが、大鹿さん。ご名答」

〝どんな話をされたのか、伺えますか〟

「それは、言えないなあ。それより、あなたは、どちらに？」

〝決まってるじゃないですか。官邸ですよ。総理が、氷川さんの暴走に激怒されて、嶋津大臣を呼び出されたんです。なのにそれっきりで、大臣と二人、ずっと会議室で待ちぼうけですよ。だから、氷川さんとどんな話をされたのか、教えてください〟

ほお、焦ってるじゃないか、大鹿。

「板垣さんが、サンノゼにいらっしゃるのは、ご存知ですか」

〝ええ、まあ〟

麻井が質問に真っ直ぐ答えなかったのが、大鹿は不満のようだ。

「板垣さんが、ABCのみならずホワイトハウスと繋がって、フェニックス7を、アメリカに売り渡そうとしているのも、ご存知なんでしょ」

〝それは、誤解ですよ。先日も申し上げましたが、板垣先生は、アメリカの暴走を抑えるために、新しく立ち上がるベンチャーのトップに就かれるんですから〟

「なら、どうして総理が激怒されているんです？　そもそも板垣さんは、総理の知恵袋でしょ」

〝うーんと、そこはもう少し事情が複雑でして。どうでしょう。私が東京駅に参りますから、会ってお話ししませんか。それで氷川さんは、今回の合弁会社の件について、どのようにお考えなんですか〟

大鹿が粘った。

「氷川さんの腹は固まっているみたいですよ」

根拠のない麻井の推測を口にすると、大鹿は〝やっぱり……〟と言ったきり絶句してしまった。

「どれだけ役に立てるか分かりませんが、とにかくサンノゼに行ってみます」

〝では、後ほど東京駅で。新幹線に乗ったら車輛番号を教えてください。ホームまでお迎えに上がります〟

4

行き倒れの老人の遺族から聴取を終えた頃、楠木の携帯電話に棚橋から連絡が入った。

〝県警本部に向かってくれるか〟

「と、おっしゃいますと？」

〝刑事部長と捜査一課長が会いたいそうだ。俺も同席する〟

捜査一課長はともかく、刑事部長まで出てくるとは……。

「何事ですか」

〝おまえさんも知っての通り、門前管理官が、捜一で大騒ぎしたそうでな。喜久井の話では、大がかりな捜査本部(ちょうば)を立てるそうだぞ〟

「つまり、年寄りの連続行き倒れ死を、大事件だと、本店が断定したってことですか」

〝まだ、迷っているようだがな。それで、おまえさんと俺の意見を聞きたいんだそうだ。で、実際のところ、どうなんだね。門前管理官は、解剖で驚愕の事実が飛び出したと騒いでいるらしいぞ〟

「間違ってはいません」

〝どんな大事件なんだ?〟

楠木はざっと説明した。

〝オカルトのような事件だな〟

「先ほど東北大学法医学教室の立田教授からご連絡があり、東北大の脳の専門家のお二人から、一度、アルキメデス科学研究所に、脳細胞の異常増殖について尋ねてみたらどうだろう、というアドバイスを戴きました」

〝また、アルキメ科研か〟

棚橋がため息をついている。

「と、おっしゃいますと?」

〝アルキメ科研に捜査支援を要請するように本部長がおっしゃっている。既に、平中(ひらなか)警務部長が、科研に向かっているらしい〟

「刑事部長がアルキメ科研のアドバイスを、とおっしゃっているんですか。それはまたどうして」

〝門前少年の強い訴えのせいだよ。本来、脳細胞が萎縮しているはずのアルツハイマー病の老人だが、遺体の脳細胞が増えていた。その原因を知るためには、専門家の意見が、絶対必要だと訴えたそうだぞ〟

門前は、優秀な捜査官なのだろうな。だが、物事には、適正な手順というものがある。それを怠ると、トラブルが起きる。

門前管理官を焚きつけたのが、松永でないことを祈るばかりだ。

〝それで、喜久井としては、自分の知らないところで、どんどん話が決まることにお怒りなわけだ。それで、至急このヤマの説明をせよ、と〟

で、俺が貧乏くじを引くというわけか。

「確認ですが、警務部長がアルキメ科研に行かれるのは、アドバイスの依頼だけが目的ですか」

〝そう聞いているぞ。それ以外に、何かあるのか〟

かつては、敏腕刑事としてならした棚橋だ。覚悟して回答しないと腹の内を見通される。

「いえ、ありません。では、後ほど本部で」

憂鬱がのしかかってきた。

だが、むしろ今は、大がかりな捜査を歓迎すべきかも知れない。

5

夕方になって、鋭一が篠塚の部屋に顔を出した。

既に、父が飲んだ紅茶のカップは片付けられていたが、なんとなくまだ、その存在が部屋を占拠していた。

「篠塚大先生様は、何の用だったんだ？」

鋭一は持っていたレッドブルを飲みながら聞いてきた。

「東北メディカル・メガバンクに用があったので、立ち寄ったそうだ」

「大先生は、相変わらずウソが下手だな」

否定する気はない。

「で、本当は、理事長様のご乱行が気になって、お越しになったわけか」

「まあね。いつものように立派なご託を並べられたよ」

「つまり、大先生は、息子の暴走に勘づいてらっしゃるんだな」

「さすがに、それはないよ。暁光の記事に加えて、業界の噂を耳にしたみたいで、理事長の口車に乗るな、と釘を刺しにきた。欲しい物は何でもカネで買うような男を、父は侮蔑している。そういう強欲な男の支援を受けている息子を恥だと思っているんじゃないか」

「大きなお世話だな。再生医療を国の基幹産業にするなんてぶち上げても、政府はカネを出さない。説教するのであれば、カネをくれってんだよな」

その通りだ。だが、そんな悲痛な叫びは父には聞こえない。

「不思議なのは、これだけメディアが騒いでるのに、理事長様が沈黙を守っていることだ。会見を開いて否定すればいいのに」

「理事長はメディアがお嫌いだしな」

それに、沈黙の効果というものを、氷川はよく知っている。

氷川が情報を出さなければ、メディアだけではなく政府やＡＭＩＤＩを翻弄できる。

「そういえば、さっき雪が言ってたけど、今朝から、Ｉ＆Ｈ株が急上昇しているらしいぜ。そういう打算もあるのかな」

鋭一の助手兼恋人の周は、投資家としても優秀らしく、Ｉ＆Ｈ株も大量に保有している。

「俺たちに道を拓(ひら)くためでもあるだろうな」

「というと?」

鋭一がレッドブルの空き缶を、ゴミ箱に放り込んだ。

「日本での治験開始までには、まだ相当な時間が必要だが、アメリカは前のめりだ。ならば、アメリカでやって、我々の悲願を一刻も早く実現する。合理主義者の理事長らしい発想だ」

「なるほどな。しかも、ご自身の状態の変化も実感しているとなると、氷川特急はもう誰にも止められないかもしれないな」

それが、この現状を作り出している一番の原因だからな。

「とすると、おまえはアメリカに引っ越すわけだ」

「なぜ、俺がアメリカに?」

「治験のレベルを上げるためには、現場にいるべきだろ」

「鋭一は?」

鋭一は、父がお土産に持ってきた都電もなかの箱を開けて物色している。

「僕と真希ちゃんは、こっちに残って、アメリカからフィードバックされてくる問題解決のために実験をやる」

「だとしても、渡米は、もう少し先の話だろうな」

「いや、幹は早めに行くべきだと思うぞ。おまえが求めている研究施設の具現化プロセスは、理事長様には分からないだろう。幹が現地でしっかり提案しないと、せっかくの施設も無意味だ」

いちいちもっともだが、こいつ、妙に俺をここから追い出そうとしている気もする。

「その時は、大友さんも連れて行けよ」

「鋭一、どういう意味だ」

「別に。それより、そろそろ警察の動きをケアした方がいいぞ」

鋭一は、デスクに並んだ夕刊の一部を取ると、篠塚に渡した。

宮城日報という地元紙だ。

不可解な徘徊老人の連続変死
事故ではなく、殺人の疑いも

「記事は曖昧だけど、少なくとも、事件として警察とメディアが注目しているのは、間違いない」

だが、認知症と診断された年寄りの失踪が相次ぎ、二、三ヶ月経過してから遺体で発見されるということ以上には、記事は踏み込んでいない。

「彼らには、何も摑めないいさ」

「そうかな。ついさっき、宮城日報がこんな記事をネットに配信したぞ」

鋭一は、今度はスマートフォンを見せた。

脳細胞が爆発的に増加した不審死体
異常者による人体実験か

「法医学者が遺体の脳を解剖したら、脳細胞が大増殖していたと書いてある。思った以上に警察は、僕たちに迫っていると考えた方がいい」

「僕たちじゃないよ。俺にだ」

「大友さんもだろ。だから、おまえと大友さんは、一刻も早くアメリカに行くべきだ」

記事には、東北大学医学部法医学教室の解剖で、遺体の脳細胞が異常に増えていたことが判明したと書かれている。しかし、具体性に欠けるのは、記事が、法医学者が直接コメントしたものではないからだろう。

この調子なら、真相に辿り着くには、まだ時間がかかる。

「人体への治験を行うためには、今日の真希ちゃんの発見が、事実かどうかを確かめる必要があるんだ」

「まさか、まだやるつもりなのか」

「あと、数人、新しい治験者が欲しい」

「おまえ、どうかしてるぞ！」

そうだろうな。

「現代医療では治せないから、国内では未認可の治療法でアルツハイマーに悩む人たちを助けている。治験協力者全員が、同意書に署名しているのは、おまえだって知っているだろう」

それは、ウソではない。もっとも、大抵は事後にだが。

濃霧の中をひたすら彷徨（さまよ）うように生きていた人たちが、明晰な意識と頭脳を復活させる。それに驚き、感動してくれる。

彼らは一様に、ありったけの感謝の言葉を漏らし、治療を続けてくれと懇願した。

ほとんどの場合、そんな快適な時間は二ヶ月ほどしか続かないが、それでも、みな幸せそうだ。

「ABCは明日にでもP7の治験を実施したいと表明って、ネットニュースに出てたぞ。だからもう少しだけ我慢しろ」

「鋭一、おまえのアドバイスは真っ当だと思う。だが、物事にはタイミングというのがある。フェニックス7がブレイクスルーするために勝負をかけるのは、今なんだ」

鋭一は二つ目のもなかを頬張っている。

「じゃあ、この先はおまえは治験から手を引け。代わりに僕がやる」

「なんだ、それ？」

「おまえより、僕の方がフレキシブルに対応できる」

なぜならば、フェニックス7の設計の大半と生物学的な反応の対策も、鋭一が主導したからだ。

「それなら、鋭一こそアメリカに行けよ。これから本格的な治験が始まる。そこでの方が、おまえのフレキシビリティも発揮できるぞ」

鼻で笑いやがった。

「三つの理由で、NO！　だ。まずアメリカが嫌いだ。そして、アメリカの米はまずい。第三に」

「三番目は、何だ？」

「僕は、もうすぐ死ぬ。死ぬなら、日本で死にたい」

デスクの内線電話が鳴った。

〝お取り込み中すみません。受付から連絡がありまして、宮城県警の平中さんという方が、所長にどうしてもお会いしたいと、お見えになったそうです〟

6

篠塚は、宮城県警警務部長の平中洋之介と、特別面談室で会うことにした。この部屋はマジックミラーがあり、隣の部屋で鋭一がモニターしていた。

相手は県警本部の警務部長というが、篠塚にはどんな職種なのか見当もつかない。尤も、目の前の小柄な男は、警察官というより、高級官僚に見える。

もう一人連れがいて、「警務部長室次席　警部補　林埜五朗」と書いた名刺を差し出した。こちらは警官らしい立派な体格だ。

「ご承知の通り、現在、宮城中央署管内で徘徊老人が行方不明になり、数ヶ月後に遺体で発見されるという事件が相次いでいます」

メタルフレームから覗く平中の目は冷たい。声もアナウンサーようで特徴が掴みにくい。

声に動揺が滲むのをおそれる篠塚は、黙って話の続きを待った。

「司法解剖の結果、遺体の脳細胞が膨張して、脳血管を圧迫していたことが分かり、それが死因ではないかと考えられます」

「脳細胞が膨張するですって。ちょっと私には想像できないんですが」

「脳の専門家である所長なら、ご存知かと思ったのですが」

「私の専門は、アルツハイマー病に対する再生医療です」

「アルツハイマーになるのは、確か脳細胞が死滅するからですよね」

「まあ、そうですが。それにしても脳細胞が膨張するというのは、聞いたことがないですねえ」

平中が、部下の方に顔を向けた。

「法医学者の所見では、遺体で発見されたお年寄りは皆さん、夜に徘徊するほどの認知症だった。にもかかわらず、遺体で発見された時には、脳細胞が多すぎるほどあった。これは、不可解だという見立てなんですが」

自信なさげに林埜が説明した。

「確かに不可解ですね」

「篠塚所長は、IUS細胞を使って、アルツハイマー病の治療法を研究されているとうかがっています。失われた脳細胞を再生して、アルツハイマー病を治すんですよね」

「おっしゃる通りですが」

「そこで、折り入ってお願いがあって、お邪魔しました。次々と発見される遺体の脳の状態を分析するにも、我々では限界があります。ぜひ、アルキメデス科学研究所の専門家に、ご協力戴けないかと思いまして」

それまで張りつめていた篠塚の神経が、一気にほぐれた。

「我々でお役に立てるなら喜んで」

「遺体の脳の状態を見て戴き、脳細胞が膨張する原因と、捜査陣へのアドバイスを頂戴できたらと思うのですが」

最悪のジョークだな。だが、警察の捜査に協力するのは、むしろ有利かもしれない。

「捜査とおっしゃいますが、そもそもこの現象は、事件なのですか」

平中の口元が緩んだ。どうやら苦笑いしているらしい。

「それを含めて、アドバイスを戴きたく」

これは飛んで火に入る夏の虫なのか、虎穴に入らずんば虎子を得ずなのか――。

「我々にそんなお手伝いができるのかどうか。我々は、アルツハイマー病を治療するIUS細胞の研究に追われています。総理の要請もあって、一刻も早く結果を出すように求められているんです。そういう状況下で、専門家を捜査に派遣するというのは、かなり難しいですね」

「四六時中、捜査本部に陣取ってくださいとは申しません。東北大の法医学教室での、遺体の精査や、法医学者や脳の専門家の先生たちとの意見交換を戴いた上で、何が起きているのかをご説明いただければ十分です。可能な限り、拘束時間は短くて済むように対応致します。なので、ぜひ一度、遺体を見ていただけませんか」

見なくても、どういう状況なのかは知っている。だが、警察の捜査状況が分かるチャンスは、やはり生かすべきか。

突然、ドアが開いて鋭一が現れた。

「失礼します。遅くなりました。私は、フェニックス7を現場で研究開発している秋吉と申します。ご依頼の件、私がお引き受け致します」

止める間もなく、鋭一が宣言してしまった。

7

一九九一年に完成した宮城県警察本部庁舎は、地上七階、地下二階からなるライトブラウンの建物だ。警察本部という厳めしい印象とは異なり、窓を大きく取ったデザインは、少しでも市民に親しみやすくありたいと願っているようにも見える。

だが、この日の楠木にとっては、親しみやすさとは正反対の近寄り難い建物に思えた。

楠木がロビーに入ると、宮城中央署長の棚橋が、既に待っていた。

「よっ、ご苦労さん！」

片手を軽く挙げて棚橋は、楠木を労った。

「お待たせしました。それにしても、急展開ですね」

「本部長は即断即決がモットーだからな」

「大山鳴動して、の可能性もありますが」

「だが、大事件を見過ごしてしまうよりはいいだろう」

何事にも前向きな棚橋らしい。

二人はまず、喜久井捜査一課長を訪ねた。

松永と門前管理官が揃ってソファに掛けている。二人は、棚橋署長を見つけると立ち上がった。

「ご苦労様です！」

松永はどこにいても威勢がいい。

「部屋を取っているので、そっちへ」

喜久井に続いて第一会議室に入ると、最後尾の松永がドアを閉めた。

「一体、どういうつもりなんですかねえ、楠木さん」

長テーブルの中央の席に乱暴に腰を下ろした喜久井が、不快そうに言った。

「どういうつもりとは？」

「惚(とぼ)けないでくださいよ。あんた、これだけの大事件を、ずっと一人で抱え込んでいたんだ。これは、重大な職務規程違反だ」

なんだ、喜久井、まだ手柄が欲しいのか。

馬鹿馬鹿しい。最初の頃に話を持ち込んだら「あんたこそ、認知症じゃないのか」と嘲ったに決まっている。

「それは、言いがかりだろう。行方知れずだった高齢者の行き倒れ死が続いただけでは、あんたに知らせるレベルではない」

「そんな独断がいつから、通用するようになったんだ」

「まあまあ喜久井君、そんな喧嘩腰にならず。別に楠さんは、ネタを隠していたわけじゃない。ただ、事件になるかどうかを見極めていたわけで」

いきなり両手で、喜久井はテーブルを叩いた。

「ふざけるな！　いつから事件の見極めを、所轄が勝手にやるようになったんだ。少しでも事件性を感じたらすぐ、本店に上げる。それが、ルールでしょう」

筋としては正しい。

「しかも、我々が知らない間に、メディアに事件の詳細が出てしまっている。これは、重大問題だ」

そんな話は知らない。

楠木は、まさかと思って松永を見た。松永は、目を伏せたまま直立不動している。

「喜久井課長、それは私のミスでして」

松永を庇(かば)うように門前が発言した。

「あなたは、黙っていてください。宮城日報のオンラインニュースに、事件の特ダネが出ている。しかも、県警は殺人も視野に入れているとある。一体、この県警とは誰を指すんだ！」

松永の握りしめた両拳が震えている。

おまえが、軽はずみに記者にしゃべったのか。

「ですから、それは私が知り合いの記者に、雑談として」

「あなたは、黙っていろと言ったはずです、門前管理官。いいですか、棚橋さん、独断専行の上に、メディアへの情報漏洩ときたら、これは、厳しい内務監査が入ると思った方がいい」

「分かった。私の管理責任だからな。潔く裁きを受けるよ」

「いや、ちょっと待ってください。今回の報告が遅れたのは、私の一存です」

「小賢(こざか)しい！　あんたの身勝手を止められなかったんだ。棚橋署長についても、刑事部長は、『たるんどる！』とお怒りなんだ」

ここで、刑事部長を出してくるのか。

「いや、責任は私が負うよ。だから、この事件をあぶり出した楠さんらも捜査に加えてくれ」

喜久井は楠木らを捜査から外すと口にこそ出さないが、長年のつきあいから棚橋は彼の腹を悟ったのだ。それは、楠木も同様だった。

「それは、私が決めることではありません。刑事部長からの沙汰をお待ちください。いずれにしても、楠木は二時間以内に事件の詳細をまとめた報告書を提出するんだ」

喜久井が部屋を出ていった。

重苦しい沈黙が、室内に漂った。

「申し訳ありませんでした！」

松永が立ち上がり、声を振り絞っている。

「なんで、おまえが謝るんだ」

「自分が、無駄話をしたばっかりに、こんな事態になってしまって」

「おまえがおしゃべりでダメな奴なのは、とっくに知っている。そんなおまえに、管理官のお守りをさせたのが間違いだった。だから、気にするな」

「いえ、悪いのは僕の方です。調子に乗って、聞きかじった情報を知り合いの記者に伝えてしまって」

門前が、青ざめた顔で詫(わ)びている。

「管理官、申し訳ないんだが、出て行ってくれないか」

棚橋が突き放すと、門前は逃げるように部屋を出ていった。

「さて、楠さん、どうするね」

棚橋が渋い顔で腕組みしている。

「私にはどうすることも。それに、捜一が後をしっかり引き継いで事件を解明してくれればいい話ですから」

「係長、この事件は、係長なくしては発覚しなかったんすよ。なのに、ここで引き下がるんですか！」

松永が威勢の良い台詞(せりふ)を吐いた。

「俺たちは兵隊なんだ。司令官の命令通りに動く。俺の捜査は規律違反のスタンドプレイだと、刑事部長が判断するならば、引き下がるだけだ」

「それは、おかしいっすよ。理不尽っす」

松永は両肩を震わせて怒っている。ここに喜久井がいたら、いきなり得意の背負い投げを食らわして、寝技で締め上げそうだ。

「自分、刑事部長に直談判してきます！」

「バカなことは、やめないか！」

楠木は思わず怒鳴ってしまった。

「バカはバカなりに筋を通しますっ」

「松永、気持ちだけ受け取っておく。あとは、俺に任せろ」

松永の肩を叩いて、棚橋が出て行った。

二人っきりになると、松永はまた謝った。顔を見ると涙が頬を伝っている。

「若いってのは、いいな」

「なんすか、それ」

「喜怒哀楽がはっきりしていて、泣きたい時に泣き、怒りたい時に怒れる。だがな、警察組織で生き抜きたければ、辛抱を覚えろ」

「辛抱ばかりしなければならないんだったら、警察なんか魅力ありません」

「じゃあ、辞めろ。今なら、違う人生を選ぶのも遅くはないぞ」

「なんで、そんな酷(ひど)いこと言うんですか。自分は、おしゃべりでお調子者です。でも、楠木係長のようになりたくて、毎日必死で頑張ってんすよ。なのに、辞めろだなんて」

楠木は呆(あき)れながら、この愚かな部下を可愛いと思った。

「だったら、そのよく滑る口を黙らせる習慣をつけろ」

携帯電話が鳴った。渡辺からだ。

〝鑑識から面白い情報が出ました〟

「なんだ」

〝高木トメさんの現場で見つかった靴跡ですが、ちょっと珍しいものだそうです〟

「詳しく話してくれ」

〝何でも、ドイツ製の登山靴で、十年前に会社が倒産して、製造中止になっているとか。日本にも、輸出されたことがないそうです〟

「もしかして、外国人の犯行ですかねえ」

そんな可能性があるのか……。

8

約束通り、大鹿は東京駅の東北新幹線ホームで、麻井を待っていて、「成田まで、お送りします」と言った。クールなポーカーフェイスが売りのはずなのに、すっかり疲れ果てている。

大鹿の後について八重洲口改札を抜けると、黒塗りのレクサスが停まっていた。

「麻井さんの迅速な対応に、大臣はいたく感動されています」

「恐縮です。それで、総理のお怒りは収まったんですか」

「まったく。板垣先生に裏切られたと喚き散らし、嶋津大臣には今すぐ辞表を書けとおっしゃっています」

困ったものだ。まるで、駄々っ子じゃないか。

「総理のお怒りの大元は何ですか」

「氷川さんの裏切りですよ。実は、I&HとABCによる合弁会社設立の噂を聞いた総理は、密かに氷川さんとお会いになりました。板垣先生も同席されたとか」

自らを有言実行の男を称している総理ならやりそうだ。

「席上、総理は氷川さんに、合弁会社の設立は止めないが、フェニックス7の研究拠点は、日本で続けて欲しいと伝えました」

そんな約束をしたら、合弁会社の意味がない。

「その場で総理は、三ヶ月以内に必ず日本でフェニックス7の治験を行えるようにするとまで、おっしゃったそうです」

「そんな無茶な」

「私もそう思います。でも、総理の約束です。無理を実現する目算がおありになったのではないでしょうか。しかも、同席されていた板垣先生まで追認されたんです」

やりとりが目に浮かぶ。

「では板垣さんは、氷川さんの計画に待ったをかけたんですか」

「そう聞いています」

なのに、ABCは、合弁会社が設立されたらP7の治験をアメリカで行うと発表してしまった。しかも、そこに板垣さんも関与している。

「板垣さんが、医療ビジネス関係のアメリカ大統領補佐官であるカール・ハイアセンと会っているという情報を、ご存じですか」

「えっ、そうなんですか」

大鹿は全く知らなかったようだ。そんな重要な情報も手に入れられないのか。

「ですから、氷川さんと板垣さんは、グルだったんですよ。総理は二人に裏切られたんです」

「いや、それは違います。ハイアセンに会ったのも、アメリカ政府の介入を自重してもらうために決まっています」

「あなたや嶋津さんが、それほどまでに板垣さんを信用されているのが不思議ですね」

窓の外を見た。夕焼けの深い茜色が、高層ビルの灯り(あか)と共に大都会を彩っている。

「疑う余地がどこにあるんですか。総理は、板垣先生に頼り切ってるんですよ。それは嶋津大臣も一緒です。そんな愛弟子たちを、板垣先生が裏切りますか」

「板垣さんを失望させたら、切り捨てるのでは？」

大鹿は驚かなかった。

「もしかして、あなたは板垣さんの指示で動いているのではないですか。あくまでも、私の感触に過ぎないんですが、あなたのボスは嶋津大臣ではなく、板垣さんではないんですか。間違っていたら謝りますが」

怒るかと思ったが、大鹿は固まっている。

図星か。

「あなたは、板垣さんの真意をご存知では？　それを総理に説明すればいい」

「私も何も聞いてないんです」

「どうして」

「分かりません。やはり、私が官僚だからではないでしょうか」

大鹿は経産省からの出向で、嶋津の秘書官を務めている。

「ボスよりも省のメリットを最優先すると、板垣さんに思われているとか？」

「いや、板垣先生はボスではありません。大学の恩師なんです」

経産省のキャリア官僚が、三田大学の医学部出身だというのか。

「私の実家は、静岡で病院を経営しています。それで後継者として医学部に進んだんですが、どうも医者という職業が合わなくて。それで、板垣先生のゼミに潜り込みました。板垣先生から強く勧められて経産省に入省したんです。もちろん先生のお考えには共鳴しています。日本の医学界の閉鎖性や国際競争力の低さは、国益を著しく損なっているだけではなく、国民の命をも危うくしています。だから、板垣先生が推進される再生医療の発展に共鳴はします。だからといって、アメリカにフェニックス7を売り渡すなんてことは、断じて許せません」

人は見かけによらないな。大鹿は、もっとドライな奴だと思っていた。

「板垣さんの渡米はご存知でしたか」

「いえ。ただ、渡米される直前にお会いしています。その時に、日本がグズグズしていると、フェニックス7もやられるぞというお叱りは受けました。しかし、フェニックス7は、危険すぎると。だからもっと時間をかけて精査すべきだと申し上げました」

「板垣さんは、なんと?」

「激怒されました。そんな悠長だから、日本はダメなんだ。アメリカと共同開発しても、ハンドルを我々が握ればいい。だから、老体に鞭(むち)を打って一肌脱ごうとしているのに、と」

それが、板垣の暴走宣言だったのか。

「それと、サンノゼに到着した先生からメールがきました。君の忠告を無にはしない、安心しろと」

で、こいつは今でもその言葉に縋(すが)っているのか。めでたいな。

「まだ、板垣さんを、信じているんですね」

「麻井さんは、違うんですか」

「ええ。国益や日本人のためという発想は、板垣さんの頭の中にはないでしょうね。板垣さんは、どんな事でもすべて、ご自身の思い通りにやりたい方だ。そして偉大なる人物として科学史に名を残したいと思っている。そういう方に、国益を守るなんて発想は通用しないのでは？」

「では、先生は日本を裏切って、アメリカにフェニックス7を売り渡したと？」

「それも違うなあ。きっと世界の再生医療界に君臨したいんじゃないですか。国家も日本国民の幸せも、どうでもいいんですよ。それより、世界が驚嘆する魔法の薬を創った神になりたいのでは？」

「神、ですか……。氷川さんの目的は、なんですか。カネを湯水のように使っていますが」

大鹿が途方に暮れている。

「板垣さんと同様、欲望に忠実なのでしょう。日本への貢献なんて掲げていますが、そこに真実なんて一パーセントもない。やはり、目的はカネでしょう。フェニックス7につぎ込んでいるカネは、経済的合理性からすると、あり得ない額です。ライバル社に先を越された途端に、彼は破滅する。だから、ライバルとすら手を組もうとするんです」

医は仁術じゃないのか、などという青臭いことを言うつもりはない。カネがなければ、夢の新薬は生まれないし、カネを使えば、夢も買える。

板垣や氷川は、それを証明しているだけだ。

9

棚橋の尽力で、楠木らを含む宮城中央署刑事課も、「失踪高齢者連続死体遺棄事件」の捜査本部の末席に加わった。

だが、割り当てられた仕事は管内の失踪高齢者の洗い出しと、足取り捜査だった。

「俺たちが見つけたヤマなんだぜ。なのに、なんで、そんなどうでもいい仕事しか、割り振らないんだ」

宮城中央署大会議室で開かれた捜査会議を終えて刑事課に戻ってきた渡辺は、怒りを隠さない。

「でも、外されるよりは、ましっすよ」

松永が虚勢を張る。

「悪いが、この事件は、君ら三人だけでお願いしますよ。私は、タッチしない旨、署長もご了解ですから」

事情を知っている刑事課長の勝俣は、帰宅の準備をしながら言った。

「色々ご迷惑をおかけして、申し訳ありません」

内心では喜びつつも、楠木は神妙に詫びてみせた。

「まったくテレビの刑事ドラマじゃないんですから、もうちょっと組織で動く努力をしてほしいもんです」

捨て台詞と共に、勝俣は刑事部屋を出て行った。

「なんですか、あの言い草は！　最初、捜査本部が立つって決まった時は、狂喜乱舞したくせに」

勝俣の姿が見えなくなると、渡辺が吐き捨てた。

「まあ、これで誰に気兼ねすることなく捜査ができるんだから、いいじゃないか。それで、失踪中の高齢者の捜査だが」

「それは、自分が既にリストにしてあります！」

松永が、声を張り上げた。

「いいなあ、松永。さすが逆境に強い」

渡辺が茶々を入れたが、松永は笑わなかった。

「この事件、何が何でも係長に、犯人を逮捕して欲しいんす。そのためなら、死んでも悔いはありません」

「悪いが、俺は死にたくないから、早くリストを見せてくれ」

宮城中央署捜査班用に借り受けている小会議室に移動すると、渡辺が、行方不明者届の束を机の上に置いた。

「松永、地図を壁に貼ってくれ」

渡辺の指示で、松永が管区内の地図を貼った。六十五歳以上の行方不明者を抽出し、その居住地を一覧にするのだ。

「既に行き倒れ死として処理された高齢者の遺体発見現場を赤のピンで、居住地を青ピンで留めてくれ」

全部で五本の赤いピンは市内全域に点在している。川縁（かわべり）もあれば、空き地もあるし、林道でも発見されている。

青いピンも、広範囲だ。

「何か、気づかれましたか」

地図を睨む楠木の隣で渡辺は顎を撫でている。

「法則がまったくないね」

「強いて言うなら、住所と発見場所が、いずれもかけ離れているぐらいでしょうか」

地図を眺めながら、楠木は自分が見落としているものがないか探した。

「何か引っ掛かるんだが、その何かが分からないなぁ」

「遺体発見現場が、皆、我が署から遠いですねえ」

確かに宮城中央署周辺には、赤いピンが一本もない。

「死体遺棄が恣意的である、と言えないこともないですね」

裏付けとしては弱いが、状況証拠ぐらいにはなるかもしれない。

そう言おうと思った時に、携帯電話が鳴った。

妻からだ。

「どうした？」

〝お父さん、お仕事中ごめんなさい。お義母さんがいなくなったの〟

第六章　暴露

1

夜明け前の町を、楠木はひたすら車で走っていた。母の行方が分からなくなって四日目になろうとしている。

母を捜し続けた疲労がついに限界を超え、突然、視界が真っ暗になった。

けたたましいクラクションで我に返り、目を開くと、一〇トントラックが、バックミラーに間近に迫ってきた。

慌ててハンドルを左に切る。トラックは悲鳴のようなクラクションと共に、行き過ぎた。

楠木の車は、道路際に積み上がった残雪の壁にフェンダーを突っ込んで停まった。

母が姿を消した時、妻は入浴中だった。風呂から出ると、就寝しているはずの母の姿がないので、妻はまず最寄りの交番に連絡をした。楠木が母の状況を伝えてあったので、交番はすぐに対応した。

それから妻は、母が立ち寄りそうな場所を捜したが、見つからなかったので、楠木に連絡を入れた。

妻からの報せ（しら）を受けて、楠木は署長に報告した。認知症の老女が失踪したという情報はすぐに捜査本部に届き、二〇〇人態勢で、夜通し捜索された。

捜査員が手分けして、自宅半径一キロ四方の住民に戸別に訪ね歩いたが、母を目撃した者はいなかった。自宅周辺で悲鳴を聞いた者、不審な車を見た者もいなかった。

結局、手がかりがまったく摑めないまま初日の夜が明けた。朝を迎えて、さらに捜査員を増やし、捜索範囲も広げた。

二日目も、三日目も成果は上がらず、もはや、捜索も限界だった。

今日の午後五時、捜査本部長でもある刑事部長から、捜索の打ち切りが宣言された。


楠木は諦めきれずに、一人、夜の宮城市内を自家用車で探し回った。その挙げ句が居眠り運転では、お粗末すぎた。

雪のガードレールがなければ、二メートルほど下の田に転落していただろう。アクセルを慎重に踏んで、後退すると、メリメリという嫌な音と共にフェンダーが雪の壁から抜けた。左のライトは点灯しない。

これでは、捜索にならない。一旦署に戻ることにした。

片ランプの状態で、楠木は署に向かった。

〝今、どちらですか〟

携帯無線から渡辺の声が流れた。

「署まで、あと数分で到着する。何か分かったのか」

〝無線を署活系四番にしてください〟

つまり、県警本部の通信指令室の当直には、聞かれたくない話をするつもりだ。

〝新しい遺体が見つかりました〟

急ブレーキを踏んでしまった。車が横滑りして停止した。対向車と後続車がなかったのが幸いした。

〝楠木さん、大丈夫ですか〟

「それで……」

ガイシャは母なのかとは聞けなかった。

〝お母様ではありません。ただ、厄介な相手です〟

「どう、厄介なんだ」

〝父親が行方不明だと怒鳴り込んできた仙台市議、覚えてますか〟

「ああ、高飛車で傲慢な男だったたな」

確か江崎龍一郎とか言ったな。

〝あの傲慢野郎の父親が、遺体で発見されたようです〟

俺も行った方がいいのだろうが、俺は敬遠されている。捜査一課長から目の敵にされている所轄の警部補は、おとなしくしていた方が無難だ。遺体発見現場には、本部の精鋭が行くだろう。

だが、渡辺には、そんなつもりがないから、署活系の無線で話をしているのだ。俺も行くべきだろうな。

「場所を、教えてくれ」

〝署に、あと数分で到着されるんですよね。だったら、戻ってきてください〟

「なぜだ？　一刻も早い方がいいだろう」

〝死体は逃げませんから。それに、ちょっと遠出して戴く必要があるので、休養十分の松永を運転手につけます〟

普段なら、断固拒絶するが、今夜は喜んでお願いしたい。

「分かった。それで、遠出とは、現場はどこだ？」

〝福島県相馬市です〟

2

空調のせいなのか、問題山積のせいなのか、サンノゼ行きの機内で、篠塚は眠れなかった。うとうとするたびに、夢を見た。

子どもの頃に父に反抗した時のことや、アルツハイマー病に侵されていく祖母の姿、そして、数日前に会ったばかりの老いた父の薄笑い……。それらが、めまぐるしく場面転換して、篠塚を苦しめた。

「お客様、空調の温度を下げましょうか」

CA（キャビン・アテンダント）に耳元で囁（ささや）かれて、篠塚は目を開けた。

「いや、大丈夫だ。悪いけど、シャンパンを一杯もらえないか。水と一緒にね」

CAの笑顔が、妙に篠塚に安らぎを与えた。

どうやら俺は今、相当追い詰められているらしい。だから、とってつけたような優しさでも、心が揺れる。

危険信号だった。

頭も体も休めと言っている。

父に言われるまでもなく、フェニックス7を人体に使用するのはまだ危険すぎる。

だが、氷川から最後通牒(つうちょう)を突きつけられた以上、一刻も早く目標を達成しなければならない。

それは、鋭一のためでもあった。

本人は言わないが、周の話では、鋭一の体調はさらに悪化しているらしい。人前では軽口を叩いているが、周と二人きりになると痛みに悶絶し、モルヒネ注射が必要なほどだという。

もって三ヶ月と本人は告白していたが、本当のところは、余命一ヶ月程度なのだとも聞いた。

そんな中、警察が距離を詰めてきた。県警が求めているのは脳神経に関するアドバイスだが、本当にそれだけなのか。

シャンパンと水が運ばれてきた。まずは、水を飲み干し、続いてシャンパンをゆっくりと啜った。

眼前に対岸が見えても、そう簡単には着岸できない。極端なことを言えば、九九パーセント成功していても、最後の一パーセントで、多くの開拓者が、フロンティアの壁に立ちはだかられ、破滅していく。

俺たちも、そうなのだろうか。

暗い機内は、まるで今シノヨシが置かれている状況そのものだ。

真っ暗ではないが、光は仄(ほの)かで、この明るさで、できることなどたかが知れている。

こんな環境で、俺たちはミクロ単位のミスも許されない難行に挑もうとしている。

いや、表現が違うな。

目隠しをして、摩天楼の間を光速で飛行しようとしている、と言うべきか。

——つまらん発想だな。

わずかばかりのアルコールのお陰で、篠塚の中でふさぎ込んでいた傲慢で強気の本性が目覚めたようだ。

機内が明るくなった。

「みなさま、おはようございます」

CAが、爽やかにアメリカの朝を告げた。

3

雪道だというのに、松永は時速一〇〇キロ近い速度で疾走している。しかも、赤色灯を回しサイレンを鳴らしている。

「もう少しスピードを落とせ。到着する前に俺たちが遺体安置所行きになるぞ」

「大丈夫っすよ。この車、スタッドレスっすから」

「スタッドレスでも、スリップはするんだ」

「マジっすか。ほんと、係長って物知りっすよねえ」

恐ろしいことに、松永はわざわざ助手席の方を向いて感心してくれた。

「バカ、前を向け。速度、落とせ！」

慌てて前は向いたが、松永は、なかなか速度を落とそうとしない。

「松永！　速・度・だ！」

声を荒らげると、ようやくアクセルを踏む力を緩めてくれた。

「それにしても、福島県警は、やけに情報提供が早かったな」

「連絡は、福島から来たわけじゃないんす」

「どこから来たんだ？」

「江崎先生から、お怒りの電話があって……」

「仙台市議のか？」

「渡辺先輩が電話を取ったんですが、ウチのせいで父は死んだんだと喚いていたそうっす」

「意味が分からん。言いがかりを付けられるいわれはないぞ」

「もっと早く捜査本部を立ち上げていたら、父は死ななくて済んだと」

「それは、無茶な話だな」

「そうっすよ。だって、それなら係長のお母様はどうなるって話っすよね」

楠木の胸に重いものがずっしりと沈んだ。

「あああ、すみません！　なんでこんなバカなんだ。係長、あの、自分、悪気があったわけではなくて」

悪気がない方が辛い——とは言わなかった。

仙台市議の父親も連続犯の被害者だとしたら、犯人は警察の動きを察知して遺棄場所を変えたのだろうか。

だとすれば、良い兆候だ。

楠木の長い刑事生活の中でも、連続殺人犯の捜査なんて初めての経験だった。頭のおかしい犯罪者を追いかけた経験はあるが、そういう連中は警察の捜査なんて気にせず、やりたい放題する。

警察の捜査に反応してくれるということは、既に精神的に追い詰められているのかもしれない。

だとすれば、大々的な捜査を展開し、もっと追い詰めれば、やがてボロを出すだろう。

除雪された常磐自動車道に入ると、松永は一気に加速した。

「これって宮城・福島で合同捜査本部が立つんすかね」

松永の鼻息が荒くなっている。

「おまえや俺が考えることじゃない」

「そうっすねえ。でも、ホシは対策を練ってきているって思うんですよねえ」

また、松永の顔がこちらを向いた。

「前を向け。おまえ、教習所で、運転中に助手席を見るなと習わなかったのか」

「すんません。ちょっと興奮してしまって」

ちょっとではなく、メチャクチャ興奮してるんだろ、松永。

相馬まであと五キロという標識が出た。

4

サンノゼまで来たものの結局、麻井は、板垣を捕まえられなかった。

携帯電話に何度かけても、留守番電話になる。メッセージを残しても、折り返しがない。

大鹿が探し当てたホテルにも連絡を入れてみたが、何度やっても〝外出中でいらっしゃいます〟と言われるばかりだ。

ＡＢＣの知り合いに、板垣の行方を尋ねてもみたが、「教えられない」と返された。あまり、接触したくなかったのだが、暁光新聞の香川にも連絡した。だが、彼女の電話も繋がらなかった。

しかたなく翌朝、板垣が宿泊しているホテルに出向いて、フロントで呼び出してもらった。

「昨夜はお戻りになってらっしゃいませんね」

つれなく返されたが、電話をして欲しいとダメ元でメッセージを残した。そして、フロントの向かいにあるラウンジに陣取った。

日本では、I&HとABCによるバイオ・ベンチャー設立のニュースの衝撃は、徐々に沈静化してきたという。

関係者の不安を一掃するような情報があったからではない。官邸を含め、誰もこの問題に言及しなかったうえに、官邸がメディアに、さりげなく圧力をかけたらしい。

良策とは思えないが、ひとまず、騒ぎが沈静化してくれたのは、助かった。

それでも、麻井は立場上、事実を把握しなければならない。

丸岡は二時間ごとに携帯電話を鳴らしてくるが、麻井は何も報告できなかった。

何としてでも板垣を捕まえたかった。

だが、待ち人来たらず、時間だけが無為に過ぎていく。

朝食を摂り、その後、数回飲み物を頼んだあたりで、ラウンジのマネージャーが声をかけてきた。

「お客様、大変恐縮なのですが、そろそろランチタイムになりますが」

入口には客が列をなしている。無意味な長居は迷惑らしい。

「じゃあ、一番上等なランチを一人前、お願いできないかな」

マネージャーは渋い顔をしたものの、引き下がった。

四〇〇グラムはありそうな、分厚いステーキが運ばれてきた。これまでにも飲み物を何杯も注文して飲んでいたので、食欲はなかった。それでも、鉄板の上で肉汁が音を立てているステーキにナイフを入れる。

一時間以上かけてのらりくらりと昼食を摂ったところで、再びマネージャーが近づいてきた。

ひとまず出るしかないか。

諦めて腰を上げた。

総額で二〇〇ドル余りを支払うと、腹ごなしとばかりに、フロントを見渡せる範囲で、ロビーを歩き回った。

それも三十分もすると疲れてしまって、ソファにへたり込んだ。

午後二時を過ぎた。だが、板垣は現れない。どうしたものか。

昨夜も戻ってないところを見ると、ABCやアメリカ政府が、別の宿泊先を用意しているのかもしれない。だとすれば、ここで待ち伏せしても無駄なのか。しかし、ここ以外に行く当てがないんだ。

「失礼ですが、麻井さんですか」

スーツ姿の見知らぬ黒人男性が声を掛けてきた。

「はじめまして、私はアーノルド・ブラウンと言います。板垣博士のお使いで参りました」

「もしかして、先生に会わせていただけるんでしょうか」

「はい。一緒に来てください」

待った甲斐があった。

気合を入れて、麻井はブラウンに続き、ホテルの車寄せの端に停まっていた黒塗りのセダンに乗り込んだ。

「どのくらい、お待ちになってらっしゃったんですか」

車が動き出すと、ブラウンに尋ねられた。

「六時間ほどです」

「それは、凄い！　日本人は我慢強いと言われますが、本当なんですね」

自分が、日本人の代表のように語られるのには異論があったが、適当に話を合わせた。

使いの者としか言わないブラウンの素性が知りたくて、麻井は名刺を差し出した。だが、ブラウンは会釈して受け取るだけで、自身の名刺を出そうとしない。

「失礼だが、ブラウンさんと板垣先生とのご関係を、教えてください」

「スタンフォード大学で、博士に師事していました。現在も、そこで研究を続けています。先生が西海岸で所用がある時は、秘書を務めています」

つまり、大鹿のアメリカ版か。

あの人は、こういう僕（しもべ）を世界中に抱えているんだろうな。

「研究テーマは?」

「IUS細胞による脳タンパクの再生です」

シノヨシと似たような研究テーマだな。

「フェニックス7を知っていますか」

「もちろんです。私が目標としているものであり、いつか、シノヨシを超える研究者になりたいとも考えています」

アメリカ人研究者の口から「シノヨシ」というコンビ名が出て、麻井は嬉しくなった。

「じゃあ、あなたも、I&HとABCが共同で設立するバイオ・ベンチャーで働くんですか」

「板垣博士には、誘って戴いていますが、まだ迷っているんです。私にとって、フェニックス7の開発に携われるのは、素晴らしいチャンスですが、私は、誰かの研究のお手伝いではなく、自分自身のチームの開発を優先したいんで」

立派な心がけだ。

「ブラウンさんから見て、フェニックス7は、治験レベルにあると思いますか」

「分かりません。我々に公開されている資料やデータは限定的ですから。でも、ちょっと急ぎすぎているという印象です」

アメリカの創薬や再生医療の実用化は、日本とは比べものにならないほど短期間でなされる。

それだけに、ブラウンの発言は意外だった。

「どのあたりを懸念しているんですか」

「当初、フェニックス7は、脳細胞の増殖コントロールに問題があると言われていました。それについて、シノヨシは解決済みとしていますが、その方法は、現在のところ未公開です。にもかかわらず、治験フェーズに入るというのは驚愕です。フェニックス7は、本当に治験フェーズに入れるレベルなんですか」

麻井には答えようがなかった。

「詳細なデータや記録がないので、なんとも言えません。でも、板垣先生なら、いろいろとご存知なのでは？」

「残念ながら、私は何も聞かされていません」

それは、ブラウンが信頼されていないからだろうか。それとも、シノヨシに近い研究を行っている者には、いくら愛弟子でも、研究データを開示しないという厳格なモラルからか……。

「ちなみに、我々はどこに向かっているんですか」

「I&HとABCが共同出資するバイオ・ベンチャーのフェニックス社です。あと、三十分ほどかかります。よろしければ、ビールでもいかがですか？」

ブラウンは車載の冷蔵庫から缶ビールを取り出した。

5

福島県警相馬警察署に到着し、玄関で立ち番している警官に挨拶すると、地下に行くように指示された。

遺体はすでに地下の霊安室に安置されているのか……。

本当は、遺体は発見現場に残しておいて欲しかった。だが、行き倒れ死体が発見された程度では、現場保存をすることはまずない。そもそも、今日の午後に本件の捜査本部が立ち上がったばかりだ。

霊安室の前にある椅子に座っていた男が、こちらに気づいて立ち上がった。

「ご苦労様です。相馬署当直の元木であります」

制服の肩章を見ると、巡査部長だ。

「ご苦労さまです。宮城中央署の楠木と松永です。ご遺体は、この中ですか」

「はい。既にご遺族の方もいらっしゃっています」

楠木はネクタイの歪みを直すと、ドアをノックした。

部屋に入ると、大柄な男が、喧嘩腰で誰何(すいか)してきた。遺体のそばには、中年女性が跪(ひざまず)いて遺体の手を握りしめている。

「宮城中央署の楠木と申します」

「おまえか！　どう責任を取るつもりだ！」

胸を強く突かれて、楠木はよろめいた。

「あの、失礼ですが」

松永が、果敢に二人の間に身を入れた。

「おまえは、何だ？」

「同じく宮城中央署の松永と言います。おそれいりますが、どちら様ですか」

「死んだ年寄りの身内の者だ。父の行方が分からなくなった時に、あんたらがしっかりとした捜索をしなかったから、こんな事になったんだ。だから、どう責任を取るんだと、聞いている」

「本当にご愁傷様です。心からご冥福をお祈り申し上げます。ですが、我々に責任を問うのは、筋違いです」

「おい、松永よせ」

楠木が松永を脇にやろうと肩に手を掛けたが、仁王立ちした柔道家はビクとも動かない。

「筋違いとは、どういうことだ」

「お父様の行方が分からなくなったというご連絡を戴いて、楠木警部補以下、当直の警官が総動員で、捜索致しましたが、結局発見できませんでした」

「それは職務怠慢だろ」

「その後、所轄のみならず、周辺署にまで、お父様のお写真を添付したチラシを配布しました。我々としては、それが限界です」

「限界を決める権利など、おまえらにはない」

「あります。県民の皆様の安寧を守るため、私たちの職務には、優先順位がございます。警察の職務は、無限ではないからです」

「生意気な。おまえ、そもそも女のくせに、その偉そうな態度は無礼だぞ」

「失礼は、ご容赦ください。しかし、市議、女のくせにというお言葉は、セクシャル・ハラスメントでございます」

いきなり江崎が、松永の胸ぐらを摑んだ。だが、松永は平然とかわして、江崎の太い手首を捻りあげた。仙台市議の巨体が、床に転がった。

「市議、暴行罪の現行犯で逮捕もできます。しかし、お互い、そんな面倒は避けたいですよね」

松永に摑まれた手首が痛いらしく、市議は声も出ないようだ。

「松永、やめろ。そこまでだ」

「係長、もう少し。市議、お父様を失った悲しみと自責の念については、心からご同情致します。しかし、警察の捜索に対する言いがかりは、どうか、おやめ戴きたい」

「分かった。だから、手を離してくれ」

そこでようやく江崎を解放した。

「ご理解を感謝します」

「それで江崎さん、大変恐縮なのですが、お父様は司法解剖させて戴くことになると思います」

楠木が言うと、再び、江崎が声を荒らげた。

だが、松永が立ちはだかると、江崎はそれ以上の言葉を呑み込んだ。

「ご存知のように、宮城中央署管内では、お年寄りが行方不明になった挙げ句に、行き倒れ死体で発見されるという事件が多発しています。その捜査のためです」

「つまり、父も事件の犠牲だと?」

江崎の父親も、見る限り栄養状態も良いし、身につけている衣類も清潔に見えた。

「その可能性が高い、と思われます」

「その程度の理由で、父を切り刻むのを認めるわけにはいかない」

ドアが開いて、門前が入ってきた。

「失礼します。宮城県警捜査一課管理官の門前純一と申します。江崎元義(もとよし)さんのご遺体を、司法解剖致します」

ご丁寧なことに門前は、遺族の同意がなくても司法解剖ができる地裁の「鑑定処分許可状」

を提示していた。

6

サンノゼ郊外を横断する州道を、三十分ほど車を走らせて、車が砂埃(すなぼこり)にまみれた頃、都会が忽然(こつぜん)と現れた。

「アメリカが第二のシリコンバレーを目指して建設を進めている、サンクチュアリ・シティです」

「なるほど神域か。すごい名前をつけたものだな」

「元々、野鳥の保護区域だったそうです。でも、今やまさに再生医療という神の領域に挑む街に生まれ変わろうとしています」

まったく、傲慢極まりないな。

街は、建設ラッシュに沸いているようだ。至る所で、工事が行われている。

「中央に見えるのが、サンクチュアリ・センターで、この未来都市の中枢となる施設です。コンベンション・ホールや政府機関の出先機関が集まります。さらには、レストランなどのテナントも入ります」

どこを向いても建設途中の建物ばかりが並ぶ中で、ガラス張りのドーム型の施設が見えた。

「あれは？」

「フェニックス社です」

合弁会社設立を正式に発表すらしていないのに、こんな施設が完成していたのか。全体の印象はアルキメデス科研にそっくりだ。

もしかしたら、随分と早い段階から、氷川とＡＢＣとの間で手打ちがあったのかも知れない。

「あれは、いつ完成したんですか？」

「三ヶ月前だと聞いています。当初はＡＢＣの再生細胞研究施設になる予定だったそうです」

そこに氷川が乗っかったわけか。

「既に、研究施設として稼働しているんですか」

「そこまでは分かりませんが、従業員は少数です。研究者はまだほとんどいないようです」

ゲートに到着すると、厳重なチェックが行われた。

正面玄関の前でも金属探知機を当てられたりの入念な荷物検査を受けてようやく、入館証を得た。

麻井は吹き抜けの広大なロビーを見上げながら、ブラウンに続いた。

エレベーターに乗り、最上階に案内された。やたらと広い部屋の真ん中に板垣がいた。日本人にしては大柄な板垣が、巨大な部屋と豪華なインテリアに埋もれて、やけに小さく見えた。

チャールズ・チャップリンの映画『独裁者』を思い出した。

「やあ、麻井君。よく来てくれた。まずは乾杯しよう」

背後で心地良い抜栓音がしたかと思うと、ブラウンがシャンパン・ボトルを手に近づいてきた。ドン・ペリニヨンだった。

そんな気分ではない。乾杯の前に、まず板垣の独断専行について、申し開きして欲しかった。

「フェニックス7の未来に！」

日本の至宝をアメリカに売り渡した張本人なのに、全く悪びれていない。いかにも芝居じみた歓迎を演出したりするのは、罪の意識よりも、日本政府をだし抜いたのが嬉しくてたまらないのだろう。

「事情を伺うまでは、乾杯はできません」

非礼を承知で、麻井はグラスを手にしなかった。

「なんだ、無粋(ぶすい)な奴だな。ちゃんと説明する。とにかく、まずは乾杯だ」

相手は、なんでも思い通りにやりたい男だ。仕方なく、板垣のグラスに、自分のグラスを重ねた。

「板垣さん、いったい何が起きているんでしょうか」

「新しい時代だよ。人類が待望していたアルツハイマー病を撲滅する日が、現実になってきた。これを祝わずして、どうする?」

「フェニックス7の現状を、先生はご存知なんですか」

「何だって?」

「私が知り得た情報では、まだ、治験までには時間が必要だと」

「タイム・イズ・マネーだろう。もたもたしていたら、誰かに先を越されてしまうぞ」

タイム・イズ・マネーか。それは、語るに落ちるんじゃないのか。

板垣が空のグラスをテーブルに置くと、ブラウンが注ぎ足した。

「深い意味に取るなよ。私が言いたいのは、放置していれば治らない患者のうち、三〇%でも改善が期待できるなら治験を始めよという意味だ」

「移植によって、残り七〇%の命を奪うかも知れないんですよ」

慎重になるのは、当然だ。タイム・イズ・マネーとは別次元の話だ。

「先生は、総理から信頼され、再生医療をアドバイスされる内閣官房参与であるというご自覚がおありですか」

「あるよ。だから、先程、雨宮君宛に辞表のメールを送っておいた。これで問題はなかろう」

「問題はあると思います。フェニックス7の完成は、日本国民の願いであり、そのため政府も莫大(ばくだい)な資金をつぎ込んでいます」

「勘違いしちゃいけない。P7は、人類の夢なんだ。アルツハイマー病に苦しんでいる世界中の人を救うことが、P7に課された使命だよ」

「その点に異論はありません。しかし、フェニックス7は、日本の研究者が生み出し、政府が後押しするプロジェクトなんです。それをアメリカに持ち出すのは、いかがなものでしょう」

板垣に鼻で笑われた。

「日本では、十年経っても治験すらできんよ。日本はフロンティアになるのを恐れる国だからな」

「でも、板垣先生のような勇猛果敢な方々のお力を借りて、その道を拓こうとしているんです。それが水の泡に帰するんですよ」

「君に私の無念が分かるものか。私はもう日本を見切ったんだ。一刻も早く手を打たなければ、シノヨシも可哀想だし、P7を待ち焦がれる人たちに申し訳が立たないからな」

フェニックス7は、あんたの私物じゃない。

「いいかね、麻井君。私と氷川君が実現しようとしているのは、日本の救済なんだよ」

「仰っている意味が分かりません」

「ABCは、治験の準備を完了している。P7はシノヨシの産物ではあるが、既に世界中の研究者が、彼らの論文に沿った精製法でP7に近いIUS細胞を完成させている。発明当初は、圧倒的にリードしていた研究だったが、治験に手間取ったのが命取りになった。あと三ヶ月もすれば、シノヨシのP7と同じ精度のものを、ABCが完成させるんだ。だから、私と氷川君が手を打ったんだ」

新たな再生細胞を生み出すと、研究者は学術誌に製法を公開する。世界中の研究者が、それを実際に生成・成功すれば、信憑性が担保される。

尤も、それはあくまでも原型で、実際のヒトのアルツハイマー病に効果を及ぼす実用版の製品化には、バージョンアップが必要になる。

シノヨシが葛藤しているのは、そのための試行錯誤だ。

それは、世界のライバルたちも同様で、独自のバージョンアップを経て、シノヨシ版に迫っている研究機関が存在するのも、事実だ。その最有力機関が、ABCの研究施設なのだ。

「だったら、なぜABCはアルキメ科研と共同研究を行おうと持ちかけたんです。それは、彼らが生成するフェニックス7には、致命的な欠陥があるからじゃないんですか。なのに、あなたと氷川さんは、その欠点を補うための切り札を、ABCに与えようとしている」

「それでいいじゃないか。シノヨシだけでもダメ、ABCだけでもダメなのだから、双方は対等のパートナーになればいい。そして、治験に積極的なこのアメリカで、成功の果実を分かち合う。それが、世界に福音を与えるんだよ」

だが現実は、ABCが大きな富の果実を根こそぎ持って行くのだろう。

今は、対等のパートナーだと言っているが、実用版フェニックス7の成果を、ABCがI&Hと共有する保証はない。ましてや、この合弁には、アメリカ政府の影もちらついている。

日本ではそれなりの影響力を持つ板垣とて、アメリカから見れば虫けらだ。

「なあ、麻井君。私がなぜ、君をここに呼んだと思う？」

「まったく分かりません」

「君には、私の考えが分かると思ったからだよ。君は、日本のバカどもにうんざりしているはずだ。医学界も生命科学学会も、そして、政府も皆、旧態依然として既得権益を守ることしか考えていない。このままでは日本は滅びる。私はそれを阻止したい。だから、アメリカと渡りあえる君のような男が、必要なんだ。私の約束が信用できないならば、君自身がＡＢＣやアメリカ政府に目を光らせればいいじゃないか。そうすれば、日本の国益も、多くの日本の老人たちの不安も解消できるだろう」

　俺は、この男に見込まれているのか……。

「日本人の夢や国益にこだわりたいんだろ。だったら、私と組みたまえ。それが最良の選択だ」

　ブラウンがホテルまで送るというのも断って、麻井は一人部屋を出た。すぐにブラウンが追いかけてきた。

「氷川さんとの面談をセッティングすると、先生がおっしゃっていますが」

「氷川さんもここにいるんですか」

「私には分かりませんが、そう伝えるようにと」

「分かりました。ぜひ、お会いしたい」

7

門前管理官は、江崎の抗議にも怯まなかった。

「異論がおありなら、仙台地裁に異議申し立てをなさってください」

「勿論、そのつもりだ。あんたらがやっているのは、国家権力の濫用だ！」

門前は薄笑いを浮かべた。

「江崎市議、仮にもあなたは、仙台市の賢明なる有権者から選ばれた市議会議員なんでしょう。つまり、市民の模範になられるべき方ですよね。そんな方が、県警の捜査を妨害するような行為をなさっては、議員バッジに傷が付くのでは？」

勝負あった、と楠木は思った。そして、門前の意外な一面を見た気がした。だてに警察庁のキャリア官僚ではないらしい。

「兄さん、この人の言う通りよ」

妹にもたしなめられ、江崎は進退窮まったようだ。

「名刺を出せ」

「何ですか」

「父の遺体を不必要に損壊した時のために、訴える相手を知っておきたい」

門前は冷然と名刺を差し出した。

「改めまして、宮城県警察本部刑事部捜査一課管理官の門前純一です」

「必ず父を殺した奴を探し出せ。そして迅速に、父の遺体を返却しろ」

江崎が霊安室を出ていこうとしたら、門前が呼び止めた。

「失礼ですが市議、あなたの名刺も頂戴できますか」

江崎は投げつけるように名刺を渡した。

妹の方は去りがたいらしく、「搬出されるまでは、ここにいます」と言って父の遺体から離れなかった。

彼女に一礼を返した門前は、楠木に声をかけて霊安室の外に出た。

「僕は司法解剖は苦手なので、楠木さんに立ち会いをお願いできませんか」

門前が悪戯(いたずら)っぽく笑った。

ほお、そんな気配りができるのか、この男は。

「管理官、やりますね！　私、惚れました！」

松永に言われて、門前は嬉しそうだ。

「東北大法医学教室の立田教授も、楠木さんを信頼されています。それに、過去二件の解剖にも立ち会われている方にしか分からないこともあるかと」

「御配慮に感謝します、管理官」

「それで、ご相談したいことがあるのですが」

門前は空室の部屋に、二人を誘った。

「アルキメデス科研を、どう思われますか」

「どうと言われると？」

「遺体の特徴は、脳細胞の膨張です。そして科研では、再生細胞を用いてアルツハイマー病を治療する研究が行われています。事件と研究が無関係とは思えないんです」

「管理官、意味が分かりません」

松永が無邪気に疑問を口にしたが、門前に気分を害した様子はない。

「松永先輩、アルツハイマー病がどのように発症するのか、ご存知ですか」

階級は上だが、年下である門前が、松永に敬語を使った。楠木の門前に対する評価がさらに上がった。

「すみません、自分、不勉強で分かんないっす」

「脳内の細胞が死滅して、萎縮していくんだそうですよ。そこで、科研では、フェニックス7という特殊な再生細胞を用いて、脳細胞を増やす研究をしてるんだそうです」

「そんなことができるんすか！　びっくりっす」

なんだ、今さら。その説明は既に俺がしてやったじゃないか。

「脳細胞を増やして、萎縮した脳を元に戻すと、認知症のような症状が治せるとか。でも、脳細胞を増やすって簡単に言いますが、そんなにうまく増えてくれるもんですかねえ」

楠木は、門前が言わんとしていることを察した。

「つまり、アルキメ科研がデータを取るために、徘徊するお年寄りを拉致しているとお考えなんですね」

「過激すぎますかね。楠木さん、どう思われますか」

そう言いながらも、過激だと思っていないらしい門前が続けた。

「すべての創薬は、まず、動物実験から始まるんですが、いずれは人間に効果があるかどうかをチェックしなければならない。いわゆる治験ですよね。でも、フェニックス7には、なかなか治験の許可が下りない。それで、人体実験をしているんじゃないでしょうか」

「管理官、簡単に言いますが、そんなものを人知れずやるって、状況としてちょっと無理がありませんか」

「僕も、そこが引っ掛かっているんです。複数犯の可能性はありますが、さすがに科研を挙げての犯罪とは考えにくいでしょう」

楠木もアルキメデス科研には、注目している。だが、まだ容疑対象というほどではない。アルツハイマー病の治療を目指す世界的研究所のお膝元で、アルツハイマーの高齢者が行方不明になり、脳細胞の膨張が原因とみられる理由で亡くなっているという偶然が気になるだけだ。

「フェニックス7は、アメリカで治験を行うというようなニュースが出ていませんでしたか」

「つい最近、話題になりましたね。でも、それだったら、わざわざ人体実験などやる必要がないんですけれどね」

楠木も同感だ。

「単なる愉快犯による犯行という線も捨て難いですね」

「楠木さんは、そうお考えですか。でも、このヤマに科研が無縁だとは考えにくいと私は思うんですが」

門前の違和感は理解できるが、とはいえ事件と科研を関連づけるものは何ひとつない。

「それで、管理官は何をなさりたいんです」

「既にご承知かと思いますが、今回の解剖以降、科研からも専門家を派遣して欲しいと要請し、先方は快諾してくれました。その人物に、捜査協力をお願いしてみようと思うんです」

「いったい何を協力してもらうんです?」

「任意で、アルキメデス科研をガサ入れしたい。その許可が下りるように、口添えを頼もうかと」

話にならない。

「管理官、その件については捜査一課長とご相談いただきたい。僭越ながら申し上げますが、政府が肩入れしているような団体を捜査するには、推理ではなく確たる証拠が必要です。将来のある方が、それを無視なさってはいけません」

楠木は一礼して、部屋を出て行った。

8

篠塚は、フェニックス社の研究施設に圧倒されていた。あまりにもスケールが大きいのだ。そして、その充実ぶりは、研究者にとっての理想郷だった。

「どうだね、お気に召したかな?」

フェニックス社の社長イアン・クーパーと並んで案内してくれる氷川も満足そうだ。

「驚きました。いつの間に、こんな施設を準備されていたんですか」

「私は何もしていないよ。ＡＢＣが打倒フェニックス7を目論んで研究施設を完成したところで、合弁を持ちかけただけだ」

策謀家・氷川の面目躍如というところか。

「サンクチュアリ・シティは、再生医療特区なんですよ。したがって、研究の制約は最小限です。日本では難しい実験や研究も問題なく行えます。実験動物についても、いくらでも調達しますので」

クーパーが誇らしげに説明している。

アメリカの再生医療研究者に知人は多いが、クーパーとは初対面だった。氷川の話では、米国国防総省(ペンタゴン)で医療戦略の責任者を務めていたという。

日本では想像しにくいが、化学兵器や細菌兵器など、医療分野が軍事利用されるのは珍しいことではない。また、バイオテロが現実味を帯びているだけに、その対策には彼らの知識が不可欠だ。優秀な科学者、医学者なども大勢働いているらしい。

もっとも、クーパーがペンタゴンで関わっていた研究については、「国家機密」だと氷川に煙に巻かれた。

「祝田君らスタッフも、こちらに移ってもらおうと思うんだが、どうだね?」

「急な話なので、即答できません。それに、祝田にも都合があるでしょうし」

既婚の彼女には、五歳の娘がいる。

「家族へのサポートも、日本よりはるかに充実している。私からではなく、君から一度、祝田君に話をしてみてくれ。彼女ももうすぐ、こちらに到着する」

そんな話は聞いていなかったが、氷川は一度動き始めると電光石火だ。アルキメデス科研をそっくり引っ越させるぐらいは、朝飯前だろう。

「では、スーパーコンピューター・ゾーンにご案内します」

クーパーが、無人電気自動車に乗り込んだ。目的地を告げれば、自動運転で目的地まで運んでくれる。

フェニックス社は一平方キロの敷地を有しており、そこに七つの建物が点在し、それ以外は森が広がっている。建物間は、巨大なガラスのチューブで繋がっていて、チューブの中に、自動運転車専用ゾーンと歩道が整備されている。

日本では屈指の設備を誇るアルキメ科研が色褪せて見えるほどだ。未来都市などとは恥ずかしくて口にはしたくないが、近い将来、こんな施設が当たり前になるのだろう。

無人電気自動車は、専用ゾーンを時速三〇キロで進んだ。

ほどなく、横長の倉庫のような施設が見えてくると、ゲートが開いた。

館内はハードディスクの高い壁が聳える要塞だった。天井付近に設置された冷却用のファンの唸る音がうるさい。

「AIなどの最新テクノロジーを駆使したいと考えているため、従来のバイオ研究施設のスパコンの倍の容量を用意しています」

クーパーがファンの音に負けじと声を張り上げた。

一体、総額でいかほどの投資をしたのだろうか。チャンスと見れば、集中的に莫大な投資を行うのが常識で、資金を惜しめば、敗北が待っている、というのがアメリカ的発想だった。勝つことだけを考えて、資金を惜しまなかったのだろう。

それは勝者の論理として正しい。

「勝つためには手段を選ばない。こういう発想が日本にはできない。ここならラストスパートも可能だろう」

氷川が日本語で囁いた。

「では、次は治験棟にご案内します」

屋外は冬とは思えない太陽が眩い光を放っている。チューブの中にいると、外気温は分からない。

電気自動車に隣りあって座る氷川が、肩を叩いた。

「麻井君が、ここに来ているんだ」

「AMIDIの麻井さんが？　何の用ですか」

「ウチとABCがフェニックス社を立ち上げたことに対しての事実確認じゃないかな。政府機関としては、フェニックス7がアメリカに横取りされるのではないかと恐れているらしい」

他人事のように氷川は、薄笑いを浮かべている。

「どうなさるおつもりですか」

「一応、板垣会長に対応をお願いしたんだが、私も会っておくべきではないかと、会長はおっしゃっている」

この場で麻井の訪問を伝える氷川の意図が分からなかった。

「それで、私にも会えと？」

「それには及ばない。むしろ君にはそんな無駄な時間を使って欲しくないから、もし彼から連絡が来ても、無視してくれ」

ここで、氷川は見学ツアーの一行から抜けると言った

9

麻井は、広く見晴らしの良い部屋で待たされていた。

氷川の執務室のようだ。さっきの部屋より広い。

窓際に立つと、視界一八〇度は砂漠しか見えない。澄んだ空気のお陰で、はるか向こうにラスベガスが浮かんでいるように見えた。

サンクチュアリ・シティは、陸の孤島だった。それは、研究施設の集積地としては、良い立地とも言える。脇目も振らず、研究に集中できるし、秘密も守りやすい。

さらに、万が一事故が起きた場合も、被害の拡大を抑え込める。

フェニックス社のようなバイオテクノロジーの先端研究所が、ここで再生細胞や薬を創造することによって、近い将来、アメリカの新しい基幹産業の拠点となるのだろう。

このダイナミズムが、我が国にも欲しい。

アメリカの医療関連の巨大企業に籍を置いていた麻井は、何度そう思ったことか。その夢を実現すべくＡＭＩＤＩに参加したのだ。

ところが実際は、日本の医学・薬学学会の旧態依然としたしがらみとメンツばかりが先に立ち、肝心の選択と集中による日本発の再生医療製品が生まれる機会は、日に日に失われている。

挙げ句に、切り札と期待したフェニックス７の研究の主舞台まで、ここに移ろうとしている。

賢明なるライバルは、敵視するのではなくタッグを組んで、ウィン＆ウィンを狙っているのだ。

これもまた、勝者の論理だ。

板垣の誘いに乗るべきかも知れない。「日本単独」という非現実的なお題目を捨て、フェニックス７の実用化という果実のおこぼれを少しでも多くつかむべきなのだ。

ノックの音で振り向くと、氷川が立っていた。

「麻井さん、わざわざこんなところまでお越し戴き、感謝します」

氷川の手が、力強く握手してきた。

「こちらこそ、図々しくて恐縮です」

「図々しいのは大歓迎ですよ。日本の政府機関は遠慮が過ぎますからな。それで、私にお話とは？」

氷川は眺望が見晴らせるソファに腰を降ろし、麻井にも座るように勧めた。

「フェニックス社についてです。あまりに突然の合弁会社設立で驚いております」

「共同で夢を実現しないか、というありがたいオファーをＡＢＣから戴いたんです。ここをご覧になったら、そのオファーがいかに意義深いものか、お分かりでしょう」

「本館以外は見ておりませんが、それでも、施設の素晴らしさは分かります」

「規模といい、設備といい、実験環境といい。こんな理想的な施設は滅多にない。それを惜しげもなく、ＡＢＣは提供してくれたんです」

要するに氷川は、それに引き換えおまえたちは、何をしてくれたと、暗に言ってるわけだな。

「確かに素晴らしいオファーです。ですが、フェニックス７の実用化は、日本国民の夢です。できれば、日本で研究を続けて成果を上げて戴きたかったです」

「日本に義理は尽くしましたよ。でも、あなた方は、我々の邪魔ばかりする。それでは、フェニックス７の研究開発に携わるスタッフに申し訳ないでしょう」

「ごもっともではありますが、あれだけの大発明だからこそ、最後のフェーズは慎重を期するべきで」

「十分に慎重を期してきたよ。なのに君らは、言いがかりをつけて足を引っ張ってるだけじゃないか。いいかね、篠塚君も秋吉君も、人生の全てをかけて、アルツハイマーで悩む世界中の患者を救おうと必死に闘っているんだ」

「氷川さん、少し落ち着いて戴けませんか。私は、あなた方がおやりになることを、全面的に反対する立場にありません。なので、もう少し穏やかにお話を伺えませんか」

不意に氷川の表情から険しさが失せた。

「これは、失礼した。ええと、君、名前は何だっけ？」

「麻井です。氷川さん、大丈夫ですか」

得体の知れない不気味さを感じたが、麻井は気を取り直して尋ねた。

「大丈夫に決まっているよ。それで麻井さんは何をお知りになりたいんです？」

「フェニックス7の研究は、こちらが拠点になるんですか」

「まだ、決めていない。それは、篠塚君や秋吉君が決めることだろう」

「お二人は、まだ視察されていないんですか」

「していないよ。この話が正式に決まったのは、数日前だからね」

二人の顔が浮かび、彼らは迷いなくフェニックス社での研究を選ぶに違いないと確信した。

「それで、最終的にフェニックス7が実用化された際には、どちらが特許を保有するんですか」

「それは、当然、私だよ」

「ＡＢＣとの折半ではないんですか」

「彼らには全米とヨーロッパでの独占販売権を与える。それだけだ。フェニックス7は、私のものだ」

「つまり、I&Hが保有するんですね」

「違うよ。氷川一機個人が保有するんだ」

意味が分からなかった。

「それは、I&Hも了承済みなんですか」

「無論だ。知らないのかね、フェニックス7への投資は、最初から私の個人資産から出しているんだ。篠塚君らスタッフの費用も私の個人負担だ」

「なぜそこまで肩入れをされるんですか」

「フェニックス7が必要だからだ」

「おっしゃっている意味が分かりません」

「分からなくて、結構。だが、私はフェニックス7が必要だと確信している。……ああ、いや。……私が彼らの応援を始めた頃は、投資の対象としてはリスクが高すぎた。だから、私個人で投資したんだよ」

私財を抛(なげう)ってまで、フェニックス7を欲しがる氷川の執念は、いったいどこから来ているのだろう。

10

楠木と松永は、相馬署刑事課の捜査員らと共に、相馬市西部、宮城県丸森町との境界近くに位置する羽黒山の麓にある林道の近くにいた。そこで江崎元義の遺体が発見されたのだ。

雑木林に囲まれて視界が悪いうえ、五〇センチほど積雪している。

「こんな場所で、よく発見できましたね」

「ここはハンターの進入路なんです。といっても、地元の者か、猟友会の連中しか知りませんが」

土地勘のない者が、ここなら見つからないだろうと遺棄したのだろうか。

「発見時刻は、午前七時頃ですよね。まだ、辺りは暗かったのでは？」

「猟の時は早朝から山に入るんで。それと、犬が吠えたんで、すぐにわかったようです」

黄色の立入禁止線が木の幹に渡してあるものの、遺体を回収した署員らによって現場はすっかり荒らされてしまっている。隣県の警察にとっては、単なる行き倒れ遺体に過ぎない。現場から手がかりを得るのは難しいだろう。

そうは思いつつも、楠木はしゃがみ込み、目を凝らして地面を観察した。しかし、目に入るのは、荒らされた雪面と、落ち葉や小枝ばかりだ。

「何を見つけたら、いいんすか」

そう言って、松永が並んでしゃがみ込んだ。

「それぐらいは頭を使って考えろ」

一時間ほど粘ってみたが、得るものは何もなかった。頼みの綱は、遺体だけか。

望み薄だとは思いつつも楠木は、犯人のものとおぼしき靴跡の写真を鑑識責任者に渡した。


立田教授の計らいもあり、江崎元義の司法解剖は最優先で行われると聞いて、楠木は相馬署から東北大学法医学教室に直行した。

「なあ、松永。なぜ、門前管理官は解剖に立ち会えと言ったと思う?」

「係長が敏腕刑事だと、管理官はお考えなんだと思います」

「管理官が俺を、そんな高く買う理由がわからないな」

「管理官は、ヤマさんに憧れてるんす」

「誰だ、それは?」

「『太陽にほえろ!』のヤマさんっすよ。管理官に言わせると、楠木係長は、ヤマさんそのものだと。だから、係長の下で修業したいんだと」

聞くんじゃなかった、と後悔した。

「係長、今、自分のこと馬鹿にしませんでしたか？」

「まさか。松永が褒めてくれたんだから感謝してるよ」

「そうっすよ。刑事ドラマ史上、ヤマさんを超える敏腕はいませんから！」

楠木も、そのドラマを見ていたし、確かにヤマさんは優秀だった。だからと言って、彼に憧れて刑事になったわけではない。

キャリアが、何を馬鹿なことを言ってるんだ。

いや、さすがに門前が刑事ドラマにかぶれているわけはない。きっと意図があって、楠木に解剖の立ち会いを託したのだろう。

「係長、話しかけても良いですか」

沈黙が嫌いな松永が、口を開いた。

「前を見て運転しながら、話せるならな」

「オッス！　門前管理官は、自分と一緒にいた時に、繰り返し言っていたことがあるんです」

「何を繰り返してたんだ？」

「何とか、アルキメ科研内に入れないものかって」

解剖に来た科研の研究員に、協力を頼もうと思っている――。門前は、そう言っていた。楠木から彼らに頼んで欲しいと門前は考えているのだろうか。

解剖が始まれば、門前はずっと屋外で吐き続けて使い物にならない。それを見越して……。

考えすぎかも知れない。
だが、楠木も抱く、科研に対するモヤモヤをどうにかしたかった。

第七章　破綻

1

「はじめまして、アルキメデス科研の秋吉と言います」

東北大法医学教室で、楠木と握手をかわした男は、華奢で少年のような顔立ちだった。

フェニックス7の開発者の秋吉鋭一か。そんなに偉い博士にはまるで見えない。

「あの、もしやシノヨシ先生っすか！」

松永が、割り込んできた。

「まあね」

「秋吉先生、ご無沙汰しております、梨本です」

東北大学で生命科学を研究している梨本教授が、緊張して挨拶した。

「あっ、どうも。ご無沙汰……ってことは、どこでお会いしましたっけ？」

「ジュネーブの国際生命科学学会や、東京で何度か」

「そうでしたっけね。ごめんなさい。僕、人の名前や顔を覚えられなくって」

秋吉は、落ち着きなく体をもぞもぞと動かして話す。

「ほお、天下の秋吉先生自らお越し戴けるとは、至極光栄だ。どうぞ、よろしく。法医学者の立田です」

「よろしくです。こっちの女性は、助手です」

「助手の周雪です。梨本教授、お久しぶりです。次からは、私一人がお邪魔します」

秋吉より長身で細身の女性が挨拶した。

「周さんは、中国の方っすか」

「はい、北京出身です。よろしくお願いします」

周は丁寧な日本語で松永に答えた。

「いやあ、日本語、お上手っすよねえ。しかも、秋吉先生の助手ってことは、めっちゃ頭良いんすよね」

「雪は、僕より天才だよ。なので、本当は僕なんかがしゃしゃり出なくてもいいんだけど、まあ、科研としても、この事件は蔑ろにできませんので」

「では、早速、始めますか」

立田の合図で、皆が解剖室に入った。

「あの管理官、ちょっと、いいすか」

門前がホッとしたように、松永のあとについて解剖室を出て行った。

「まず、ホトケさんの頭の状態を確認します」

立田がホトケの頭部全体を慎重に撫でた。

「どうやら、このホトケさんも、開頭されているな」

開頭部が分かるように立田が髪の毛をかき分けると、カメラを構えた立田の助手が近づいてシャッターを切った。

「どういうことですか」

秋吉が尋ねたが、立田は楠木の方を向いたきり黙っている。

「メディアには未発表なのですが、一連の死体遺棄事件の被害者は皆、死後に開頭されているんです」

「つまり、犯人が解剖したってこと？」

「そうなります」

秋吉は、口元をすぼめた。

「皆さん、よかったら、もう少し手術台に近づいてください。そして、頭蓋骨を外した直後の脳の状態をご覧ください」

秋吉が、前のめりになって遺体の頭部を覗き込んでいる。後ろに下がっていた楠木は、秋吉と周の表情を観察したくて、場所を移動した。

立田が頭蓋骨を外すと、白い脳が溢れ出た。

秋吉の表情は、ビクとも動かない。

これが、専門家のリアクションなのだろうか。

しかし、梨本教授は小さく悲鳴を上げて、後ずさりした。

「過去二体の脳も、こんな状態でした。ほら、頭蓋骨もよく見るとヒビが入っています。相当な膨張力が働いたせいだと考えられます。おそらくは、細胞の増殖による膨張で、脳内の血管が圧迫されていた痕跡もあります」

立田が、脳血管の状態を、秋吉に見せている。

「なるほど、これは実に奇妙な現象ですね。そもそも脳細胞の膨張なんてありえないんだけどなあ」

秋吉は、首を傾げている。

周は遺体に近づいて、凝視している。さらに、スマートフォンを取り出して、写真を撮っている。

「脳細胞を持ち帰ってもいいですか。科研で詳しく調べますので」

「それは、助かります。で、秋吉先生、所見としては、いかがですか」

立田がメスを使う手を止めて、尋ねた。

「こんな現象を見たことがないので、何とも申し上げられませんが、もしかすると脳細胞が増殖したのではなく、何かの刺激によって脳細胞が膨張した結果、こんな事態になったのかも知れません」

　そう説明する秋吉に、周は厳しい視線をぶつけていた。

「周さん、何かお気づきの点があれば、教えてください」

「私には、何の見解もありません。本当に不思議な現象が起きていると思います」

　本当にそう思ってるのだろうか。

「素人考えで恐縮なのですが、たとえば、先生方が研究されている再生細胞のようなものが働いて、膨張した可能性はありませんか」

「それは、ないなあ」

　秋吉が即答した。

「理由を伺えますか？」

「これがフェニックス7のような移植された再生細胞であったとしても、こんな暴走はありえないです。それに、僕らの研究は、まだ、サルの実験で停滞しています。だから、ヒトにフェニックス7が移植されることはありません」

2

「少しだけ、お時間を戴いてよろしいですか」

　東北大の教授らを交えてブレストを終えると、楠木は秋吉に声をかけた。

「すみません。今日はこの辺で。長時間拘束されて、先生はお疲れなんです」

　秋吉が答える前に周が遮った。

「短時間で結構なので、なんとかお願いしたいのですが」

「先生が大変お疲れなのが、分かりませんか！」

　それまで控え目な態度だった周が、有無を言わせぬ語調で言った。その横で秋吉はペットボトルの経口補水液（OS-1）をうまそうに飲んでいる。

「雪、いいよ。楠木さん、どうぞ」

　立田が部屋を用意してくれた。楠木が座ると、隣に松永が座った。本当は追い出したかったが、本人にそのつもりはなさそうだ。そこで、楠木は手帳に、〝一言でもしゃべったら、追い出す〟と走り書きして見せた。

「で、ご用件とは？」

「秋吉先生は、先程の遺体の脳の状況は、再生細胞による増殖ではないと断言されました。しかし、理由については、経験上としかおっしゃらない。もう少し、具体的な理由を伺えませんか」

秋吉は唇を歪めている。怒っているのではなく、考え込んでいるようだ。

「具体的な理由は、ないなあ」

「なぜですか」

「あんな状態の脳を見たことがないからです。尤も、僕は脳の専門家じゃないんで」

「先程のブレストでもお分かりのように、脳の専門家も途方に暮れています。それで、私は素人の勘ぐりで、あれは再生細胞がしでかしたことではないかと考えたわけで」

「素人さんがどう思おうと自由ですよ。でも、僕らがフェニックス7で人体実験したんじゃないかという邪推なら、断固たる抗議をしなければならないなあ」

秋吉のリアクションには驚いた。そこまで楠木は踏み込んでいない。なのに、自らが疑惑を誘発するような発言をするなんて。

「そんな疑いは、持っていません。先生が先程ご指摘くださったように、脳細胞が爆発寸前まで膨張するようなことが不自然だとしたら、そのような遺体が、宮城市ばかりで立て続けに発見される理由を知りたいんです」

「それは、僕も同感。だからといって、僕らを疑うのは、どうなんだろう」

「先生、ご不快にさせてしまったならば、お詫び申し上げます。繰り返しますが、先生方に疑惑の目を向けているわけではありません。フェニックス7を研究されている研究所の周辺で、不可解な脳細胞の増殖による死者が出るのはなぜか。ぜひともお知恵をお借りしたいんです」

「それは、そちらが考えることでしょ」

堂々巡りしそうだ。

「では、私の考えを述べさせてください」

お好きにと言いたげに、秋吉は体を椅子の背もたれに預けた。見るからに顔色が悪いのが気になった。

「たとえば、アルキメデス科研に勤めている所員や研究員が、先生方の目を盗んで、フェニックス7を盗むことは可能でしょうか」

「どうだろうねえ。僕は、科研のセキュリティには詳しくないからなあ。雪は、知ってる?」

「三重のセキュリティでガードされてますよ。限られた人しか、フェニックス7の保存庫を開けられません」

中国人とは思えないぐらい、周は日本語が堪能だった。

「だそうですよ、刑事さん。なので、盗むなんて無理だろうなあ」

「限られた人とは、具体的にどなたですか」

「それは僕らには分からないなあ」

「このままいくと、私だけではなくメディアも、疑惑の目をアルキメデス科研に向ける可能性があります。そこで、ご相談なんですが、科研が事件にまったく関与していないことを、秋吉先生に証明して戴けませんか」

「証明って？」

「この数ヶ月のうちにフェニックス7が盗まれたことがないかどうか。そして、フェニックス7に近づける方のお名前を教えて戴きたいのです」

「大胆なお願いだなあ。どっしようかなあ」

「刑事さん、ウチの先生を利用しないでください。解剖に立ち会うのすら、私は反対したんです。そういうお願いは、科研の事務局に言うべきです。行きましょう、先生」

周が秋吉の手を取って立ち上がった。

「いや、もう少しだけお待ちください」

楠木は、それでも追い縋った。

「アルキメデス科研では、サルを使ってフェニックス7の実験をなさっています。その実験で、脳細胞の増殖が止まらず死んだ例はなかったですか」

「僕は、動物実験を担当していないからなあ」

「実験で動物が死亡した場合は、研究をされている秋吉先生にも情報が伝わると思うんですが」

「まあね。確かに、そういう例もあったかな」

「その時は、死んだサルの脳を解剖されてますよね」

「当然」

「サルの脳と、先程のご遺体の脳の状態と、違う点はありますか」

秋吉は、また口元を歪めた。

「悪いけど、覚えてないなあ」

「でも、記録は保存されていますよね」

「何の記録ですか」

「脳細胞の増殖が止まらず死んだサルの、脳の状態を撮影した記録です」

「あるでしょうねえ、きっと。僕では分からないので、それも事務局に尋ねてください」

周が再び秋吉を連れて行こうとした。

「すみません。最後にもう一つだけ。図々しいお願いなんですが、一度、そちらの研究所を見学させて戴けませんか」

3

フェニックス社の視察を終えた篠塚は、氷川の執務室に案内された。

氷川以外には顔見知りが三人、初対面が四人、一斉に篠塚を囲み、挨拶した。

「フェニックス7の治験を行う主要責任者だ。選りすぐりの研究員は、来週には全員揃う」

揃っているのは、脳生理学者、アルツハイマー病の専門医、看護師長、さらには、弁護士、フェニックス社の幹部だと氷川が紹介した。

「フェニックス7の治験の早期実現に向けて、三つの課題があります」

フェニックス社業務推進担当執行役員であるマーク・ロビンソンが切り出した。

「第一に、フェニックス7の治験を進めるに当たってアメリカ食品医薬品局（FDA）に申請する文書一式が必要です。これについては、I&Hの知財管理室と私が連携してまとめます。ただ、具体的な実験内容や評価については、専門家のアドバイスが必要です。そこで篠塚博士の研究チームからアドバイザーをお願いできませんか」

「フェニックス7研究班の助教、千葉達郎が適任だと思います。彼は、日本でも治験申請の窓口を務めていました」

「彼以外の方をお願いできませんか。彼にはアルキメデス科研を辞めてもらったので」

「なんですって⁉　どういうことです？」

ロビンソンが、気まずそうに氷川に視線を送った。

「アメリカでの治験に、反対したからだ」

渡米直前に、千葉から「お話ししたいことがあるので、お時間を戴けませんか」と頼み込まれたのを思い出した。

余裕がなくて、帰国後にと返した。すると、千葉がいつになく険しい表情で「アメリカでの治験実施について、先生に抵抗感はないんですか」と詰め寄られた。

「ない」と返して篠塚は、そのままアルキメデス科研を出てしまったのだった。

「千葉は、フェニックス7の治験には欠くべからざる研究員なんです。私に無断での馘首は越権行為です」

「君が、千葉君を買っていたのは知っている。だが、彼はアルキメ科研の研究員に、アメリカでの治験反対の署名活動をしていたんだ。そんな造反は認められない。それに、彼よりもっと優秀な研究員を世界中から集めた。だから安心したまえ」

話は以上だと言いたげに、氷川はスマートフォンを操作している。電話が入ったらしく、通話しながら席をはずした。

「篠塚博士、どなたに致しましょうか」

ロビンソンが聞いてきたが、篠塚はまだ納得できなかった。

千葉は苦楽をともにしてきた。その相棒をこんなあっさり切り捨てるなんて。

「すみません。少し時間をください」

「分かりました。それでは、二番目の課題です。『BIO JOURNAL』誌上で指摘された、サルの実験での事故について、事実確認及び対策を文書にしたいと思っています。叩き台は、こちらで作成しますが、問題は解決されたと考えてよろしいですか」

「問題は解決しました」

「実際には、何が起きたんですか」

尋ねたのは、脳生理学者のフィリップ・ドナルドソンだ。篠塚とは学生時代からの親しい友人だ。

「脳細胞の増殖が止まらず、脳内で血管が破裂して脳出血を起こしました」

「それで、原因は？」

「高血圧症です」

「ほお。じゃあ、降圧剤を併用すれば、治まるんですね」

治験者らの増殖した脳を思い出した。

「動物実験の責任者である祝田に後ほど詳しく説明させますが、降圧剤の投与で治まりました」

「先程、増殖が止まらずという表現をされましたが、実際には暴走が起きたと理解してもよいですか」

「いや、我々は暴走とは考えていない。急激に増殖したというより、注意深く観察していれば、防げたものです」

サルの場合はそうだ。だが、人間の場合は、明らかに暴走していた。しかし、それはこの場では、言えなかった。

「それ以外にも、増殖がコントロールできなくなる因子の可能性を、秋吉先生は指摘されていますが」

「薬の併用による化学反応の可能性ですね。それも、秋吉と祝田の二人で確認中です」

「秋吉先生は、いつこちらに来られるんですか」

「未定です。今、取りかかった研究があって、それを放り出せないと言っています」

鋭一の病気のことはもちろん、彼に渡米の意志がないことも、話せなかった。

「シノヨシが日米に分かれるのは、研究に支障を来しませんか」

「問題ありません。日本でも、長年、宮城と東京に分かれて研究を続けてきましたが、不便を感じたことはないので」

「もう一つ質問があります。日本では、サルでの実験を続けているわけですが、ヒト固有のリスクについては、どのように考えていますか」

それこそが、篠塚が禁断の果実に手を伸ばした理由だった。

「フィリップ、そこが、我々が一番懸念していることです。秋吉、祝田と連携して今、想定される固有リスクをまとめています。もうすぐ、仕上げる予定なので、少し待って欲しい」

「了解。いずれにしても、ここでの治験は、慎重に行う方が良いですね。大勢に一気に投与するのではなく、一例ずつマンツーマンで観察する方が賢明かも」

「同感です。そこは、フェニックス社の研究員と連携して、徹底的なリスク検討をしたいので、協力をお願いします」

「ところで、フェニックス社でフェニックス7を大量生産する必要があります。ですが、レシピを戴けていません。いただけるのは、いつ頃になりそうですか」

ロビンソンが事務的に質問した。

「フェニックス社での治験を我々が知ったのは、ごく最近です。なので、準備の時間をください」

そこで、電話を終えた氷川が戻ってきた。

何やら悪いニュースを聞いたような渋面だ。

「先程、総理が、フェニックス7のアメリカでの治験について、日本政府として認めないと発表したらしい」

4

ブラウンが車を手配すると言うので、麻井はロビーで待っていた。

既に三十分以上、待たされている。二七〇度ガラス張りのフロアに降り注ぐ日差しが気持ちよくて、麻井は睡魔に襲われた。

「麻井さん、麻井さん！」

体を揺り動かされて目を開けると、ブラウンの顔が間近にあった。

「失礼、うたた寝してしまった。車が来ましたか」

「いえ、そうではなく、もう一度、板垣博士の部屋までお越しください」

「どういうことだ」

「緊急事態が起きたそうです。大至急お越し戴きたいと」

そういうのには、巻き込まれたくないんだが。

ブラウンは麻井の手首を取って、強く引っ張った。

問答無用か。

致し方なく板垣の部屋を訪ねると、氷川まで顔を揃えている。

少なくとも、緊急事態の言葉には偽りはなさそうだ。

「何事ですか?」

板垣が手にしていたリモコンを操作すると、大型テレビに映像が流れた。

〝フェニックス7は、日本国の貴重な成果であり、アルツハイマー病で苦しむ多くのお年寄りを救う夢の再生細胞であります。ノーベル賞級の大発明を、アメリカが横取りするような行為を即刻停止するよう、アメリカ大統領及び、フェニックス社に対し、断固たる決意で臨みたいと思います〟

目を血走らせた総理が、強い口調で声明を発表した。

「三十分ほど前に日本で流れたニュースだ」

板垣は不愉快この上ないという顔つきで吐き捨てた。

起きるべくして起きた。いまさら怒る必要もあるまい。そもそも、総理を激怒させたのは、他ならぬ板垣ではないか。

「麻井君、悪いが、即刻帰国して、あのバカな総理を宥(なだ)めてほしい」

「板垣先生、私に、そんな大役は無理です。ここは先生自らがお話しなさるべきかと」

「私もそう言っているんだがね。板垣さんは、首を縦に振ってくださらないんだ」

氷川と意見が合うとは光栄だな。

「私は、もはや国賊扱いだ。時臣君は会ってもくれんだろうな」

「まさか。総理は、板垣先生からのご説明を待っておられます。丸岡理事長からも、板垣先生に会ったら、そう伝えてほしいと言づかっております」

総理が板垣の説明を欲していると丸岡から聞いたのは、日本を発つ直前だった。その時とは事情はかなり変わっているだろうが、板垣に説明責任があるのは変わりはない。

「そうか……。では、麻井君も同行してくれ」

なんでそうなるんだ！　と思ったが、どうせここにはもう用はない。

「先生、私のプライベートジェットを使ってください。ここから三〇キロほど先の飛行場に駐機しているので」

「氷川君、ありがたい。じゃあ、ただちに出発だ」

板垣は、早くも腰を上げている。

「今からですか。私は着替えたいんですが」

板垣を張り込んでいた時にたっぷり汗をかいた。その上、ロビーで寝込んだため、スーツも皺だらけだ。

「そんなものは、日本に着いてからにしたまえ」

カンファレンスを終えた篠塚は、部屋に向かった。案内してくれたのは、今日から篠塚の秘書となる女性で、ジャニス・パリスと名乗った。

ヒスパニック系独特の彫りの深い顔と大きな目が印象的だった。白のブラウスに黒のスーツ、髪は後ろでひっつめている。

「ＵＣＬＡで医療政策学を学びました。第二外国語で日本語を学んだので、ご希望であれば、拙いながらも日本語でコミュニケーション致します」

「そんな素晴らしい経歴なら、秘書なんて、物足りないんじゃないのかな」

篠塚は、英語で話しかけた。

アメリカの秘書は、秘書専門学校でスキルを学んだプロが多い。

「博士は、私の憧れの方です。だって、フェニックス7は、アルツハイマー患者だけでなく、介護で苦しむ家族も救う大発明ですから。私は、大学で超高齢社会に対応する保健政策を専攻していました。ですから、博士のお手伝いをすることは、私のキャリアにも大きな実りをもたらしてくれると確信しています。カンファレンスや学会の資料作成など、何でもお申し付けください」

「それは助かるな。頼りにしているよ」

「それで、早速なのですが、今夜はサンクチュアリ・センターというこの地域のコンベンション施設で、フェニックス社の開業を歓迎するレセプションがあります。博士にも、ご列席戴くようにと社長から言われています」

アメリカ的な儀式か。

「でも、タキシードなんて持って来ていないよ」

「ご安心ください、全て会社で用意してあります。こちらでご休息戴いた後、午後四時に研究センターにご案内します」

「レセプションの前にシャワーを浴びたいな。サンノゼに到着するなり拉致されて、ここに連行されたんで」

「社内に博士専用のリラクゼーション・ルームがありますから、ご自由にお使いください。仮眠も可能ですし、バスルームもあります」

篠塚はローズウッドのデスクの前に腰を下ろすと、デスクトップ・パソコンを起動させた。

「フェニックス7の治験をアメリカで行うことに、日本の総理がお怒りだそうだ。それに関するニュースをまとめてくれないか」

「了解しました。日本語の記事が中心ですよね」

「そうだとありがたい」

ジャニスは、背筋を伸ばして一礼すると踵を返した。

パソコンを見ると、周が個人アドレスでメールを送っていた。


〝篠塚先生、お疲れ様です。

無事にアメリカに到着しましたか。

鋭一先生と私は、昨日、東北大学の法医学教室で、とても変わった状態で亡くなった老人の解剖に立ち会いました。

死因は脳細胞膨張による脳出血という診断でした。

警察は、鋭一先生に、フェニックス7を誰かが悪用したのではないかと聞きました。鋭一先生は「まったく考えられない」と答えました。でも、あの状態を、私は以前に見たことがあります。

実験用のサルで、フェニックス7が暴走した時の脳の状態です。これは、どういうことでしょうか。

フェニックス7が悪用されていないのは本当でしょうか？

篠塚先生、真実を教えてください〟

篠塚は、心臓が締め付けられるような痛みを感じた。

一体、鋭一は何を考えているんだ。

そもそも警察の捜査協力など撥(は)ね付けるべきなのだ。なのに、それを買って出た上に、身内にも不信を抱かせるなんて。

日本は早朝のはずだが、構わず鋭一に電話した。

だが、一度寝たら、叩き起こしても目覚めない鋭一は着信に気づかないらしい。仕方なく、メールを送る。

〝話があるので、起きたら電話してくれ〟

5

その日、全休を取った楠木は、妻と二人、エイジレス診療センターに向かっていた。

助手席には、妻の友人の岡崎清子が同乗している。清子の母親がエイジレス診療センターの重度老人病棟に入院しているので、その見舞いに便乗したのだ。

エイジレス診療センターの重度老人病棟は、病棟に入れるのは家族のみだが、同行者なら家族以外でも許可される。それで、一緒に行きたいと頼み込んだのだ。

楠木は、この日の午後、秋吉を訪ねる予定だ。解剖の立ち会い時に秋吉に、科研見学を頼み込んだ。その件について、昨夜になって〝時間を作りますから、どうぞ見学にいらしてください〟というショートメールが携帯電話に届いたのだ。

それで、事前に下見をしておきたくて、岡崎に無理を言った。

「岡崎さん、施設に入る前に尋ねたいことがあるんですが。お母様が入院されている病棟に、立ち入りを禁じているようなエリアはありませんか」

妻と談笑していた岡崎が考え込んでる。

「さぁ……。ここは敷地が広いので、知らないことの方が多いくらいで」

楠木はそういう場所があると睨んでいる。

解剖の時の秋吉と彼の助手、周の様子に不信感を持った。二人は明らかに、何かを隠している。

特に、周が江崎老人の脳の状態を見た時の反応が気になっていた。あれは、自分が見たものが信じられない、という反応だった。

フェニックス7の実験で、細胞増殖が暴走してサルが死んだら、開頭してチェックをするはずだ。だから、脳を見て驚いたわけではないだろう。

一方の、秋吉はのらりくらりと質問をかわすくせに、江崎老人の脳細胞が増えたのをフェニックス7と少しでも関連づけようものなら、そこは頑として否定する。

どう考えても不自然だった。

だから、あれ以来、楠木の脳内では、アルキメデス科研では、フェニックス7の人体実験が行われているのではないかという妄想が、止まらなかったのだ。

「思いつきませんね」

岡崎の声で、楠木は我に返った。

「それに、エイジレス診療センターの周囲は、鋼鉄製の高いフェンスが張り巡らされているから、他の施設には簡単に行けないんです」

世界が競い合っている研究をしているのだから、当然の処置ではある。

それでも、エイジレス診療センターのフェンスの向こう側は気になった。

「岡崎さん、おはようございます。今日は、お連れ様がいらっしゃると伺っていますが、どのようなご関係の方でしょうか」

エイジレス診療センター重度老人病棟の受付で、スタッフに尋ねられた。

ブレザーの右胸には、不死鳥をあしらったエンブレムがあった。

「従姉妹と、その夫です」

楠木は、外来者名簿に名前の記入を求められた。隠す必要もないと判断して、自分と妻の名を記入した。

面会証をそれぞれ受け取って、三人は病棟に入った。

一階は、診察室が連なっている。その前に並んだ長椅子は、看護師に付き添われた患者で埋め尽くされている。

大勢が行き交う廊下を、清子は慣れた足取りで縫うように進み、エレベーターに乗り込んだ。

「ウチの母は認知症がかなり進んでいるので、お二人に失礼なことを言うかもしれませんが、お許しください」

そんな気遣いは無用だと返しながらも、楠木は病棟内の異様な雰囲気で息苦しかった。

高齢者が多いのは、病院の風景としては目新しくもない。だが、真冬だというのに、汗ばむほど暖房が利きすぎ、すれ違う年寄りのほとんどが、呆然としている。

「あら、遅いじゃないの」

四人部屋の病室に入るなり、手前のベッドから声が掛かった。

「お母さん、ごめんね。ちょっと朝の用事に手間取って」

「おまえは、いつもそうやって言い訳ばっかり。ほんとに愚図ねえ」

清子は苦笑いを浮かべながら聞き流した。

「覚えている？　お友達の良恵さん。よく、ウチに遊びに来てたでしょ」

「良恵さん？　違うじゃない。あんたの従姉妹の房子ちゃんじゃないの。まあ、わざわざ札幌から会いにきてくれたのね」

「伯母さま、お久しぶり。お元気そうで何より」

良恵は、清子の母親に合わせることにしたようだ。

「ほら、やっぱり房子ちゃんじゃない。あなたは、変わらないわねえ。いつ見ても、元気潑剌だもの。そちらは、どなた？」

そちら、と呼ばれた楠木は答えに窮して、口ごもった。

「イヤだわ、お忘れになったんですか。夫です」

「また結婚したのね。でも、今度は誠実そうな方じゃないの。わざわざ、こんなむさ苦しいところまでお運び戴き、ありがとうございます。房子の伯母でございます」

「おはようございます。夫の耕太郎です」

「で、ちゃんと持ってきてくれた？」

母親は、何かを思い出したようで、清子にキツい口調で尋ねた。

楠木は妻に耳打ちして部屋を出た。

エレベーターで屋上に上がると、楠木は周囲を見渡した。

時折突風になる冷たい風が吹きすさむばかりで、人影はなかった。

楠木が立っている正面彼方に、太平洋が冬の日差しに輝いて見える。

左手には雑木林が広がっていて、その向こうに、幾何学的なデザインのアルキメデス科学研究所が見える。ガラス張りの上層階に日差しが反射して、科研全体が光り輝いているように見える。

フェンスにギリギリまで近づく。

センターの周囲は頑丈な鋼鉄製の柵で護られている。

もう一度人がいないのを確かめてから、楠木はショルダーバッグから、双眼鏡を取り出した。

そして、倍率を最大限にすると、樹木の隙間に照準を合わせた。

立木の間にうっすらと、茶色い壁が見えた。平屋の施設のようだ。あれは何だろう。

6

シャワーを浴びてミネラルウォーターを口にしたところで、電話が鳴った。

鋭一からだった。

〝おっはあ、幹！　サンノゼを楽しんでいるか〟

朝の弱い男が、ハイテンションだった。

「ご機嫌だな」

〝まあね。最近、よく眠れるんでね。で、話って何だ？〟

「司法解剖の立ち会いは、どうだった？」

〝別にどうってことはない。刑事コロンボみたいな、一見冴えないけど腕の良さそうな刑事が、Ｐ７との関係を勘ぐってきたが、軽くいなしておいた〟

「警察は、疑いの目を我々に向けているのか」

〝途方に暮れているという感じだよ。ただ、解剖した法医学者が、死因を脳細胞の膨張による脳出血と見立てているんでね。だったら、科研の誰かが、面白半分に実験しているんじゃねえか、ぐらいの妄想を抱いているんだよ〟

鋭一からの電話を受けるまで、周の疑惑を告げるべきかどうか、悩んでいた。だが、彼の能天気な口調を聞いて腹を決めた。

「雪ちゃんは、気づいているぞ」

〝何を？〟

「発見された遺体の脳は、実験室で死んだサルの脳の状態とそっくりだと」

〝あいつ、やっぱ、鋭いな。でも、大丈夫だ。雪は僕たちの味方だから〟

「そういう問題じゃない。なあ、もう警察に協力なんかするな」

〝心配するな、まかせておけ。それよりも、警察は科研を家宅捜索するつもりかもしれないぞ。そうなると理事長様の政治力の見せ所かも。でもね、もっと良い案がある〟

「どんな？」

〝こちらにいるお年寄りには、お引き取り戴こうかと思う〟

とんでもない事を考えるな、鋭一！

「バカなことはよせ。患者が皆、そこで体験したことを口にするのを、止められるのか」

〝そこは、考えている。いずれにしても、おまえには迷惑をかけないから〟

この言葉が気に入らない。

最近、鋭一は、フェニックス７の秘密治験の問題になると、度々同じフレーズを口にする。

「おまえ、何を考えているんだ」

〝まだ思案中だ。安心しろ、僕だって大人だ。幹が思うほどバカな真似はしないさ〟

「なあ鋭一、こっちに来ないか」

〝言ったろ、僕はアメリカが嫌いだし、そもそも、そんな体力はもう残ってない。だから、御免蒙る〟

返事を待たずに電話は切れた。

頭に血が上った。手にしたスマートフォンを壁に投げつけたかったが、何とか自制した。代わりに勢いよくミネラルウォーターを呷った。

深呼吸をしてから、部屋に備えつけのマッサージチェアに寝転んだ。とにかく落ち着こう。アメリカでできることを考えろ。焦ったら元も子もない。

スイッチを入れると、腰から背中にかけてゆっくりともみ玉が動き出した。長旅の疲れを癒やす暇も与えられず、いきなりフェニックス社に連れ込まれ、新体制の情報を次々と詰め込まれた。疲労困憊していたところに、鋭一の空元気を聞いて頭が痛かった。

巧みなマッサージは肩や首、そして脚のふくらはぎまで全身に及び、溜まった疲労をほぐしていく。やがて、それは心地良い眠気を誘い、篠塚は眠りに落ちた。

鋭一が手錠を嵌められて、アルキメデス科研から出てくるのが見えた。

メディアが鋭一を取り囲む。鋭一は余裕を見せるかのように、つながれた両手を頭上にかざして笑顔を見せる。

「秋吉先生、治験の許可がないのに、フェニックス7を認知症のお年寄りに移植されたのは、本当ですか」

「いや、本当は違うんだ。この事件の真犯人を、僕は知っている。だから、僕を逮捕するなんて愚かなことは、やめた方がいい」

「そこまでおっしゃるなら、今、この場で真犯人を教えてください」

「犯人は、クーパーだよ。フェニックス社社長のイアン・クーパーだ」

何てこと言うんだ！　鋭一！

そう叫んだ時に、目が覚めた。電話の着信音が、けたたましく鳴っている。篠塚は慌ててスマートフォンを手にしたが、何も作動していない。

着信音はどこかで鳴り続けている。さきほど秘書から社用のスマートフォンを貸与されたのを思い出し、上着のポケットから発掘した。

「お待たせしました」

「ジャニスです。お寛(くつろ)ぎのところ、失礼致します。そろそろレセプションの準備をお願いします。あと三十分ほどで、そちらにお迎えに上がります。お着替えは、クローゼットの中にありますが、お手伝いが必要ならおっしゃってください」

折角シャワーを浴びたのに、寝汗をびっしょりかいていた。仕方なくもう一度シャワーを浴びて、クローゼットを開いた。下着類やスポーツウエアから、タキシード、ドレスシャツ一揃えまであった。

篠塚は、慣れない手つきでタキシードを身につけ、蝶ネクタイを締めたところで、一つやるべきことを思いついた。

スマートフォンで、技官の大友を呼び出した。

〝おはようございます、先生〟

いつもと変わらぬ大友の声を聞いて、篠塚は冷静に戻った。

「鋭一が昨日、宮城県警に協力して、ＰＫの司法解剖に立ち会ったのは、ご存知ですか」

〝はい〟

「警察から、何か連絡は？」

〝私の知る限りではございません〟

「あくまでも懸念にすぎないが、科研が家宅捜索されるかもしれません」

〝それは、迷惑なことで〟

そう言いながらも、大友は平然としている。

「今、離れにいるのは、何人ですか」

〝六人です〟

「状況は？」

〝皆様、すこぶるよろしいかと〟

　高血圧症や糖尿病の患者には、それぞれ薬を処方している。

「大友さんの調子は？」

〝おかげさまで、大変良好でございます〟

「鋭一が、ＰＫ全員を解放すべきだと言っています。とんでもない話だけれど、アメリカにいては止めようがない。大友さん、くれぐれも注意を怠らないで欲しいんです。何をしでかすか分かりませんから」

〝畏まりました。ちなみに、今後、こちらでの治験は行わないと考えてよろしいのでしょうか〟

　大友は、しっかり鋭一を監視してくれるだろう。

「まだ、確定ではないけれど、そうなると思います。大友さんには感謝してもしきれません」

〝私がお手伝いしたくてやってきたことですから、お気遣いなど無用です。大変かとは存じますが、一日も早くフェニックス７が実用化されるようお祈りしております〟

　大友だけはいつも変わらない。そのことが、今はたまらなく有難かった。

7

どうやって、あの平屋を探ろうかと考えながら、楠木は屋上をひと回りした。

下を見下ろすと、アルキメデス科研に続いていると思われる遊歩道が見えた。あそこをたどれば、もう少し平屋に近づけそうだ。

ロビーに戻り、屋外に出た。

正面玄関の前には、中央に池を配した広い中庭があり、遊歩道が延びている。屋上から見えた道だ。

中庭の向こうは、高いフェンスが立ちはだかっている。

「どうか、されましたか」

背後から、声をかけられた。

振り返ると、初老の警備員が立っていた。

「あっ、楠木係長！」

警備員が敬礼している。知っている顔だった。

「時任(ときとう)部長じゃないですか。ご無沙汰です」

時任は、楠木の先輩だった。地域課が長く、後輩の面倒見の良い人だった。

「お元気でしたか！」

退職しても、階級意識が強いのだろう。時任は敬語で尋ねた。

「なんとか、やってます。自分も、あと半年で退職です。時任部長は、こちらに再就職されたんですね」

「息子が県庁に勤めておりましてね。その伝手で、ここで拾ってもらったんです。それにしても、係長はこんな場所で何を？」

さて、どこまで腹を割るべきか。

時任が声をかけたのは、不審者だと思ったからだろう。いくら顔見知りでも、適当に惚ければ、さらに不審を招くだけだ。

「実は極秘で捜査を行っています。ここにいる理由をお話ししますが、できれば、あなたの上司には黙っていて欲しいんです」

時任は、優秀とは言えなかったが真面目で、警察の捜査の重要性を理解していた。退職したとはいえ、警察魂は健在だろう。

「わかりました。ひとまず、この場から移動しましょう」

素直に従った。そして、エイジレス診療センターまで戻ったところで、楠木は会話を再開した。

「勤務は、何時に終わるんですか」

「今日は早番ですから、午後三時です」

「それからお時間戴けますか？」

「では、駐車場で落ち合いましょう。私の車は、白のサニーのセダンです。ルームミラーに、小判のマスコットがぶら下がっています」

監視カメラを意識してのことだろう。別れる時は、敬礼もせずに時任は背を向けた。

突破口を掴めたかもしれないと、楠木は思った。時任に無理を頼むことになるが、失踪高齢者連続死体遺棄事件の手がかりは、どう考えても、この施設内にある。

遺体で発見された老人が揃いも揃って、少なくとも一、二ヶ月は栄養状態や衛生状態が維持されていたことを考えると、単独犯とは考えにくい。

複数犯であるのは間違いないだろう。さらに、犯行グループ内には、フェニックス7を自由に扱える人物がいるはずだ。その人物は、科研内でかなり地位が高いと推定できる。

あくまでも楠木の妄想ではあるものの、これらの仮説を裏付けられたとしたら、日本がひっくり返るほどの大事件になるかも知れない。

つまり、警察としては、失敗が絶対に許されない事件だ。その捜査を、端緒とはいえロートルの所轄の係長ごときが一人で敢行していい訳がない。

刑事になって約三十年。何度も辞表を覚悟しながら捜査を突き進んできた。その内、二度は実際に提出している。その時の上司が度量の大きい人物だったお陰で、今日まで首が繋がっただけだ。

しかし、今回はそうはいかない。捜査責任者は楠木を毛嫌いしているし、疑惑の相手は総理の期待を一身に集めている機関なのだ。

命令違反は、即懲戒免職、間違いなしだ。

だが、もはや刑事という仕事に未練はない。徘徊老人が誘拐されていると知っていながら、母が犠牲者になるのを想像できなかった。刑事失格だ。

もっと早くこのことに気づいていれば――。

根拠はないが、母はいま、ここに拉致されている気がしてならない。

松永にルールを守れと言いながら、俺はこれから取り返しの付かないことをしようとしている。

俺の違法捜査で、真犯人が判明しても、逮捕どころか、取り調べすらできない事態が起きるかもしれない。

それでも、やるのか。母のために――。

その時、携帯電話が振動した。松永だった。

〝お疲れっす。係長が休暇を取られているのは承知しているんですが、管理官が、大至急お会いしたいとおっしゃっているんですが〟

「なんだ？　おまえは管理官の秘書か」

苛立ちを、松永にぶつけてしまった。

〝秘書ではないです。自分の携帯に、管理官からお電話があったんす。で、係長に会いたいのに、連絡が取れないとおっしゃったので〟

管理官は俺の携帯電話の番号を知らないが、松永の番号は知っているのか。

「要件は、なんだ」

〝聞いてません。さすがに、そこまで自分も図々しくはないんで。管理官は、係長がいらっしゃる場所まで出向くとおっしゃっています〟

ここに来てもらうのはまずいな。

「俺は今、エイジレス診療センターにいる。県警からセンターまでの間で、どこか適当な場所はないか」

〝国道からエイジレス診療センターに向かう交差点に、コメダ珈琲があるのをご存知っすか〟

「あった気がするな」

〝そこで、どうっすか？　今は九時四十七分なんで、十時半ぐらい集合で〟

「了解。松永、サイレンなんて鳴らさずに来るように、管理官にも念を押してくれよ」

〝あっ、さすがにそうっすね。了解っす〟

釘を刺されなかったら、サイレンを鳴らすつもりだったのか。不安がよぎったが、あまり心配事を抱えないようにしよう。

それにしても、管理官は何の用だろう。

8

氷川のプライベートジェットが、サンクチュアリ空港を離陸した。シートベルトサインが消えるなり、板垣はCAにシャンパンを注文した。

それを聞いて、麻井の不愉快は最高潮に達した。

「板垣さん、一杯やる前に、私に名案を授けてくださいよ」

「何の名案だね？」

板垣はシートを倒し寛いでいる。

「総理のお怒りを解く方法です」

「無理だよ。あれは、子どもだからね。怒り出したら、理屈は通用しない。それに、プライドだけは人一倍高いから、自分が蔑ろにされたと知ったら、つむじを曲げて人の話なんか聞かないだろうね」

そう言って、板垣は美味しそうにシャンパンを飲んでいる。

「他人事のようにおっしゃらないでください。ご帰国されるのも、総理を宥められるのは板垣さんをおいて他にはいらっしゃらないからでしょう」

「そもそも、時臣君はなぜ怒っているんだね？」

総理をファーストネームで呼ぶあたりが、板垣らしい。

「氷川さんが、独断でＡＢＣと合弁会社を設立して、フェニックス７の治験をアメリカで行うと決定したからです。それに関して板垣さんが加担したとお考えなのでしょう」

「Ｉ＆Ｈは、民間企業なんだよ。どんな合弁会社を設立しようとも、嘴（くちばし）を容れる資格は総理にはないだろう。私は何の加担もしていないよ。ＡＢＣからは、フェニックス社の会長に就いて日米共同研究の推進役になって欲しいと頼まれた。それは悪いことじゃないだろう」

板垣は旨そうにグラスを空けた。全く当事者意識ゼロだな。

「それはそうですが、フェニックス７の研究開発には、政府や我がＡＭＩＤＩとしても多くの支援を続けてきたわけです。なのに、成果をアメリカに持っていかれては、お怒りにもなるでしょう」

板垣は、ＣＡにシャンパンのお代わりを頼み、麻井にも勧めた。

断るのも失礼と思い、ご相伴に与った。

「治験をどこでやろうと問題はないだろう。最終的に、Ｉ＆ＨがＰ７を発売すればいいわけだから」

「つまり、フェニックス社には、販売権を与えないんですね」

「氷川君は、そう言っている」

「欧米の販売権は、ＡＢＣに提供すると聞いていますが」

「彼らがそう言うなら、そういうものなんだろう。私は商習慣というものを知らないからね。いずれにしても、カネに細かい氷川君が目を光らせているんだから、心配するな。おまけに君も参加してくれるんだろうから、心配無用だ」

面倒はすべて他人まかせか。

呆れすぎてバカらしくなった。

「それにしても、氷川さんは本当にカネ目当てなんですかね」

「それ以外に何があるというのかね」

「氷川さんに会った感触では、カネ以上にフェニックス７に執着する理由があるように思えました」

「気のせいだよ。あいつからカネを取ったら何も残らないだろう」

「とにかく、日本の既得権はしっかり守られることを、先生は総理にご説明ください」

「その前に、時臣君には言っておかなければならない、もっと重要な話があるんだよ」

質問するまえに、乾杯を強要された。麻井は上等なシャンパンを味わった。サロンの年代物だった。

「重要な話とはなんですか」

「Ｐ７をアメリカに取られたとか怒る前に、やることがあるだろう。アメリカで治験が終わる前に、日本でも治験を行い、アメリカと同時発売できるように、政府が後押しするべきだ。それこそ、総理にしかなしえない重要な職責だろう」

一つの再生医療の治験を進めるために、内閣総理大臣が動くなんて前代未聞だ。

「さすがに、それは総理の仕事ではないのでは？」

「総理は全ての省庁を束ねる責任者なんだ。厚労大臣の尻ぐらい叩けないでどうする。一刻も早く、日米同時発売の準備に取りかからなければ、ＡＢＣのＰ７が世界を席巻するぞ。あの愚か者は、それが分かっとらん」

「そのことも、総理にお話しください」

「もちろん！　いいかね、日本とアメリカの差はどこにあると思う？」

その答えは多すぎる。

「案件の処理速度ですか」

「それもある。最も違うのは、為政者が政治力の使い方を知っているか否かだ。熟知しているアメリカと、子どもじみたパフォーマンスしかできない日本との差は、歴然としている。Ｐ７は日本の宝などと偉そうに吠えるのであれば、やるべきことをやれって話だよ。世界に先駆けて開発していると豪語するくせに、それを実用化するために、何の努力もしない。そんな総理なら、不要だろう」

話は以上だと言いたげに、板垣はＣＡにもう一杯シャンパンを頼み、ヘッドフォンを装着して目を閉じた。

9

約束の時刻より十分ほど早く、楠木はコメダ珈琲に到着した。

人目につかない四人席に陣取ると、〝捜査が長引きそうだから、独力で帰宅してほしい〟と妻にメールを打った。

それにしても、門前は何の用だろう。

今日は全休にして、個人的にアルキメデス科研に見学に行くつもりだった。そのことは門前にも伝えている。そして、今日は彼に近づいて欲しくない。

管理官ともなれば、外出先を課内の行動予定表に記さなければならない。彼のことだから、バカ正直に〝楠木と打ち合せ〟と書きかねない。

「お疲れっす」

合流した松永が小さく敬礼している。

馬鹿野郎め。こんなところで、いかにも警察関係者というそぶりをするバカがいるか。

門前まで、それに倣っている。

楠木は慌てて二人を席に座らせて、メニューを渡した。松永がさっそく目当てのものを見つけたらしい。

「管理官、やっぱシロノワールははずせませんよ」

「お、ふんわり焼いたデニッシュパンのシロノワールかあ。ようやく念願の初トライが叶います」

直径一五センチはありそうな、膨らみすぎたホットケーキのような代物のメニュー写真を、二人は熱心に見つめている。

ウエイトレスが注文を取りに来た。

「あっ、季節限定のいちごチョコがある！　自分、これにするっす」

「僕は、まずは定番を」

おまえら、何をしに来たんだ！　と叱るのも億劫だった。

「係長は、コーヒーだけでいいんすか？」

結構と固く拒絶して、楠木は門前に話しかけた。

「こんなところまで、お運び戴いてありがとうございます」

「ノープロブレムです。ちょっと甘いものに飢えてたので、かえって好都合です」

「それで、私にご用というのは？」

「朝一番で、本部長に呼ばれまして、アルキメデス科研に興味を持っているのかと、聞かれました」

「何とお答えになったんですか」

「捜査協力を戴いているだけだと。でも、本部長は信じてくれませんでした。その上で、そもそもシツレンキは事件なのかと」

「失礼ですが、シツレンキとは、何ですか」

「失礼しました。失踪高齢者連続死体遺棄事件って長いんで、僕が縮めました」

紙ナプキンに、門前は小学生のような幼稚な筆跡で、「失連棄」と書いた。

なるほど、確かにそう読めるな。

「僕は、これは前代未聞の大事件だと考えていますと返したんですが、本部長からは、軽はずみな言い方をするなと、お叱りを受けました」

警察庁の幹部官僚として当然の反応だ。

「それで、明日いっぱいをもって、捜査本部は解散すると言われました。また、残った期間を含めて、科研及び関係者に対しての接触禁止も、言い渡されました」

「捜査本部が立ち上がったばかりなんですよ。しかも、また新たな遺体も発見されました。私の母を含め、行方不明のままのお年寄りが複数いる。なのに、いきなり打ち切りとは、おかしいじゃないですか！」

　柄にもなく怒鳴ってしまった。

「同感です。帳場が立ち上がった時は、本部長も前のめりでした。直接本部長からハッパをかけられたぐらいですから。なので、おそらく本部長でも拒絶できないような雲の上から、厳命が下ったのだと思います」

　フェニックス7の開発は、総理の肝入りなのだ。政府が介入したのだろうか。

「それでご相談なんですが、アルキメ科研の見学にお伴させてください」

「本部長は私の見学について、ご存知なんですか」

「知りません。しかし、このアポイントメントは、本部長が『これ以降接触禁止』とおっしゃるより前に決まったので問題ないと思います。ぜひ同行させてください」

「管理官、そんな理屈は、通用しませんよ。本部長命令を破った上に、総理が支援されている研究所に、任意とはいえ踏み込んだと見られます。おやめになった方がいい。それに、今日は私はプライベートで見学に行くんですよ」

「楠木さん、僕が責任を取ります。ご迷惑をおかけしません」

「管理官、将来があるあなたは、そんな無茶な捜査手法を覚えてはなりません。たとえ相手が真っ黒であっても、法手続きを遵守しなければ、捜査できない。その鉄則に例外はありません」

「でも、あなたはそのルールを破ろうとされています」

「私には、行方不明の母を探すという個人的な理由があります。本日は全休を取っています。そこで何をするのかも、あなたにはご存知ないことにしてください」

「楠木さん！　そんなことはできません！　お一人では危険だ」

「いつか、若き捜査官が、果敢に捜査に挑む時、それを後押しする警察幹部になってください。そのためにも、今日の科研訪問は、諦めてください」

納得できないらしい門前は運ばれてきたシロノワールに、見向きもしない。

「では係長、自分が同行します」

松永がしゃしゃり出てきた。

「おまえ、ゴリさんになりたかったんじゃないのか」

「ゴリさんだって、ボスを一人で行かせませんよ、絶対！」

「ボスの命令に刃向かったゴリさんなんて、見たことないぞ」

松永がアッと口を開けた。

「そう言われてみたら、そうっすね。でも、係長お一人で行かせるわけにはいきません」

「気持ちだけ、もらっておくよ」

「自分、こう見えて、国体三位っすよ。ボディーガードとしては、役に立ちます」

「これはボスの命令だ。おまえは、管理官が暴走しないように見張るんだ」

「えっ⁉」

「この方はまだ、俺と一緒に行くつもりだ。だが、そんなことをさせてはいけないのは、おまえでも分かるよな」

松永は、渋々頷いた。

10

午後一時五十分、楠木はアルキメデス科研の受付で警察手帳を示した。

「宮城県警の楠木と申します。秋吉先生と午後二時にお約束しています」

不測の事態が発生した時のためにと言い張る二人は、科研の駐車場で待機している。

ここのロビーは、エイジレス診療センターとは、正反対の印象だ。

関係者以外立ち入り禁止。ここより中に入れるのは、選ばれし者のみ――。

最上階まで吹き抜けになった建物は、まるでガラスの要塞だった。

「恐れ入ります。秋吉は、席を外しているようでして。暫くお待ち戴けますか」

嫌な予感がしたが、指し示されたソファで待つことにした。

十五分待ったが、呼び出しはない。

楠木は、受付に近づいて、再度、取次を申し入れた。受付嬢が数ヶ所に電話を入れたが、結局「相済みません。まだ、席を外しているようで」と詫びた。

「科研内にいらっしゃるのは、間違いないんですか」

「ええ。皆さんのIDカードで、入出館を管理しています。それによると、秋吉先生は、館内にいらっしゃることになっています」

致し方なく、楠木は引き下がった。

さらに十五分待った。

受付カウンターに楠木が近づくと、受付嬢は再びあちこちに問い合わせてくれたが、やはり捕まらなかった。

「なら、秋吉先生の助手を呼び出してもらえませんか」

周は在席していたようだ。受付嬢は気を遣って「もう、三十分以上お待ちなので、お越し戴けませんか」と、周に催促してくれたが、応じる気配がないようだ。

見かねて、楠木は受話器を奪った。

「周さん、こんにちは。東北大学の検死の時にお会いした宮城県警の楠木です」

「ああ、こんにちは、楠木さん。すみません、秋吉先生は、どうやらエスケープしちゃったみたいです」

「つまり、アルキメデス科研内にはいらっしゃらない？」

「そうだと思います。私も用事があって、ずっと捜しているんですけれど、見つかりません。スマホにも連絡を入れてるんですが、応答がなくて」

周も困っているようだ。

「午後二時から、秋吉先生に科研をご案内いただくお約束をしていました。でも、先生はお忙しいようなので周さんにお願いしようかと」

「えっ！　私ですか！　今は研究で手が離せないんですよ。だったら別の日にしてもらえませんか」

周の狼狽（ろうばい）ぶりが引っかかった。

本当に研究が忙しいんだろうか。

「そうおっしゃらず、三十分で良いので、お願いしますよ」

「いやあ、私は無理です。それに三十分で見学するなんて、物理的に無理です」

「じゃあ、他の方で結構なので、お願いします」

「分かりました。誰か行かせます」

さらに十五分待たされた。

そして、ようやく案内人が姿を現した。

「大変、お待たせしました」

白衣を着た青白い顔の若者が頭を下げた。名刺を出すことも、名前を告げるつもりもなさそうだ。

「宮城県警の楠木耕太郎と言います。失礼ですが、あなたは、秋吉先生の研究室の方ですか」

「秋吉研M2の上総(かずさ)です」

M2とは何かと尋ねたら、修士課程二年生という意味だと教えてくれた。入館証を与えられて、楠木はゲートを通過した。


秋吉鋭一研究室の上総に案内されて、楠木はアルキメ科研の研究施設をぐるりと巡った。

フェニックス7を生成しているファクトリーも見学した。といっても、厳重に無菌状態を保っているため、ガラス越しの見学だった。

白衣のスタッフが数人いるが、多くの作業は、自動制御によるロボットが行っているという。

神の細胞と呼ばれるフェニックス7を、ロボットが生成するという光景は、楠木を複雑な気分にさせた。

「ここで生成されたフェニックス7は、どのように管理されているんですか」

頭を切り換えて、楠木は仕事に徹することにした。

「管理って?」

「誰かが勝手に持ち出したりするリスクは?」

「それは、ないと思いますよ。そもそも生成の最終工程は人間がタッチできませんし、完成したフェニックス7は、そのまま厳重に保存されます」

「それを扱えるのは、どなたですか」

「所長と、秋吉教授だけです」

フェニックス7の保存庫は、シノヨシの虹彩認証をクリアした時だけ、解錠されるという。

「お二人以外に、取り出せる人はいないんですね」

「そうなりますかねえ。全てのフェニックス7には生成番号があって、それぞれがどのように使用されたのかを記録しています。だから、無断使用したり盗んだりは、できません」

「過去に、そのようなトラブルはなかったんですか」

「ないと思います。少なくとも、僕は知りません」

「生成したフェニックス7は、どこで使われているんですか」

「お二人のラボか、祝田先生のところです」

祝田というのは、動物実験棟の責任者だという。

「祝田先生にお会いできませんか」

「今日はいません。アメリカに出張中です」

所長の篠塚も、アメリカだと聞いている。

「篠塚所長に同行されたんですか」

「いや、違いますけど、行き先は一緒です」

場所を聞くとサンノゼだという。

11

サンクチュアリ・センターでのレセプションは、篠塚が想像していたよりも盛大なものだった。

フェニックス社社長のイアン・クーパーの説明では、約三〇〇人の招待客に加え、メディア関係者が約二〇〇人、さらに飛び入りで約一〇〇人の医療関係者も来たという。

篠塚の顔見知りの専門家も多かった。

背中に大胆なカットの入った黒のイブニングドレスを着た祝田もシャンパングラスを手にしていたが、居心地が悪そうだった。

「何か、気になるのか?」

「こういう場所が苦手で。それに、私はフェニックス社が、いまいち信用できなくて」

握手を求めたり、賛辞を告げに次々と集まって来る来賓に応じる合間に、篠塚は不信の理由を、祝田に尋ねた。

「先生のお考えは違うかもしれませんが、私は、P7の拙速な治験には反対です。けれど、理事長はこういうやり方で無茶をする。それが気に入りません」

祝田らしい正義感だ。

篠塚もホンネとしては、彼女の意見に異論はない。だが、氷川との約束を果たすためには、呑み込むしかない。

「それに、日本を発つ直前に、地元で嫌な事件も起きてますし」

「認知症のお年寄りが徘徊の果てに、遺体で発見されたという事件のことだね」

「ええ。あれって、我々の研究に悪意を持った人の陰謀みたいに思えてしまって」

思わず祝田の横顔を覗き込んでしまった。彼女は、篠塚に鎌をかけているのではなく、本気で陰謀説を信じているように見えた。

「陰謀とは、穏やかじゃないね」

「科研周辺で、次々とお年寄りの遺体が発見され、そのいずれもが認知症だったなんて、陰謀めいていると思いませんか」

「どんな陰謀なんだね」

「まるで、我々がP7の治験にもたついているのを、皮肉っているような」

「それは、陰謀というより、ハッパをかけられていると見るべきでは？」

祝田の大きな目が、篠塚を真っ正面から見据えた。

「先生、そんなバカな発言はよしてください。認知症患者の遺体を、科研周辺にばらまいて応援だなんて、とんでもない！」

　確かに言い過ぎたな。

祝田は、グラスに半分ほど残っていたシャンパンを飲み干してから、話を続けた。

「それに、秋吉先生が、捜査に協力したのも驚きました」

「さっき僕も電話で、やめるように伝えたよ。本人が改めるかどうかは分からないけどね」

ちょうど、篠塚に挨拶に近づく来賓の列が途切れた。すかさず祝田が篠塚を壁際に引っ張って行った。

「先生、私に何か、重大なことを隠していませんか」

祝田に見つめられると、心の奥底まで見透かされている気がする。普段から、人間より動物と接している時間が長いせいだろうか。彼女の視線には、隠し事を認めない純粋さがある。時として腐敗や不正がはびこる生命科学界にあって、揺るぎない潔癖を守り続けている祝田の視線は、無敵だった。

「いきなり、なんだ？」

「秋吉先生のことです」

迂闊に答えられず、篠塚は言葉を探した。

「数日前、雪ちゃんが泣いているのを目撃しました。彼女に尋ねても、首を振るばかりで。あの、もしかして、秋吉先生は重篤なご病気じゃないですか」

祝田が気にしていたのは、そっちだったか。

「ステージ４の膵臓ガンだ」

「やっぱり……。だから、大学を辞めて、科研にいらしたんですね」

「そうだ。何とか自分が生きている間に、フェニックス７を世に出したい。鋭一の強い意志だ」

祝田が唇を強く結んで項垂(うなだ)れた。

「それで、篠塚先生も、理事長の暴走を止めないんですか」

「理事長の暴走とは、フェニックス７の治験をアメリカで行うことか」

祝田が頷いた。

「氷川さんのお考えは、僕にはよく分からない。しかし、僕自身も治験に進む時が来ていると考えている」

「とんでもない。私は研究バカですから、一般常識から感覚がズレているかも知れません。これまでは、研究は真理の探究という芸術の一種であり、応用と結びつける必要もない叡智の営みだと思い込んでいました。でも、Ｐ７の研究はその神秘に挑み、人を苦しみから解放する感動を教えてくれたんです。それは、千葉君をはじめ、研究チームの共通認識だったはずです。だから先生、お願いです。あと一歩なんです。ですから、むしろ今は慎重の上にも、慎重であるべきです」

「もう、その過程は済んだと思わないか」

「高血圧症が原因で増殖が暴走するまでは、私もそろそろかなと思っていました。でも、あのようなケースが判明した以上、他のリスクについても徹底解明できるまで、治験は見送るべきです」

祝田の立場からすれば、そうだろう。

いや、祝田でなくても、まともな研究者なら同じ意見を持つはずだ。だとすれば、祝田をこれ以上、巻き込んではならない。

「それは、困ったな。じゃあ、明日朝一番で、荷物をまとめて帰国したまえ」

「え？　どういうことですか」

「君の居場所は、ここにも科研にもないという意味だよ」

祝田が呆気に取られている。

「つまり、私もクビってことですか」

「依願退職だよ。今までの貢献の見返りとして、君の希望する研究施設に紹介状を書くよ」

「篠塚先生、どうして⁉」

「僕の決定に異を唱える人を、チーム内に置いておけない。だから、去ってもらう。そういうことだよ」

戸惑い、怒り、そして軽蔑と、目に浮かぶ感情が変化したが、祝田はそれ以上は何も言わず、その場を立ち去った。

12

動物実験棟は、見学していて辛かった。

楠木は、途中で「ここは、これ以上結構です」と案内を断った。

「ところで、あの林の中にある建物は何ですか」

窓の向こうに見える一棟は、先日、エイジレス診療センターの屋上から認めたものだ。

「なんですか」

「科研とエイジレス診療センターの間にある平屋の建物ですよ。あそこも、拝見させて戴けると聞いてたんで」

「えっと、僕は聞いてないなあ。あそこは第2VIP棟と言って、科研とは別の、理事長直轄の施設なんですよ」

「でも、見学させてくださるって、仰ってましたよ」

上総が秋吉に確認してみると言うので、楠木は電話のやりとりが聞こえるぐらい上総に体を寄せて待った。

「あれ、出ないや」

上総は、今度はＬＩＮＥでメッセージを打ち込んだ。

「返事があるまで、ここのラウンジで休憩しましょう」

動物特有の臭いが気になったが、上総に従うしかない。

上総が、コーヒーを淹れて持って来てくれた。

楠木は、ありがたく受け取り、香りを胸いっぱい吸い込むと、コーヒーを啜った。こんな場所でなければ、もっとゆっくり味わいたかったのにと思うほど、美味だった。

「祝田先生がブレンドしてくれるんですけど、すごくおいしいんですよ。ここにコーヒーだけ飲みに来るスタッフも結構いるくらいで」

「ところで所長は、本当に日本にお戻りになるんですか」

「戻らない理由があるんすか」

ずっとスマートフォンをいじっていた上総が、顔を上げた。

「サンノゼに、新しい再生医療の会社ができて、フェニックス７の研究は、そちらに移ると聞きましたけど」

「いや、それはないと思いますよ。だって、フェニックス７って、日本の国家プロジェクトでしょ。マジやばいほど国からお金をもらってるんです。研究拠点は、ここから動かさないんじゃないですかねえ」

その時、楠木の携帯電話が鳴った。

松永からだった。無視しようかとも思ったが、緊急連絡の可能性も考えられた。

「楠木です」

〝係長！　お母様を発見です！　無事に保護されました！〟

楠木の母、寿子はJR仙山（せんざん）線山寺駅で保護されたという。楠木は、ただちにアルキメデス科研を後にして、山形県に向かった。

仙台と山形を結ぶローカル線である仙山線の山寺駅は、宮城市から約六〇キロ西の山形市山寺にあり、悪縁切り寺の立石寺（りっしゃくじ）の最寄り駅だった。

立石寺は、松尾芭蕉が「閑（しずか）さや岩にしみ入る蟬の声」という句を詠んだ場所として知られている。楠木は俳句好きの母と一緒に、山寺芭蕉記念館を訪れたことがあった。

うるさいほど鳴く蟬の声がなぜ閑さなのか、楠木には不可解だったが、母は「ここに来て、句の深さがしみじみ分かったわ」と満足げだった。

サイレンを鳴らし、仙山線沿いの道を疾走しながら楠木は、妻や息子にも一報を入れた。それから、山寺駅に電話を入れた。

田舎の駅員らしい訛（なま）りの強いのんびりとした口調で、「今、近くの診療所の先生が健康状態を診察されてますが、大変お元気でらっしゃいますよ」と教えてくれた。

あと三十分ほどで到着すると告げて切ると、妻にも無事を伝えた。

峠道に入りカーブが多くなったあたりで、松永から無線連絡が入った。

〝お疲れっす。今度は、天童市のスーパーマーケットでお爺さんが保護されました。それから山形新幹線の天童駅でも一人、保護されたみたいっす〟

どういうことだ⁉

「おまえは、今どこだ？」

〝ひとまず、山寺駅を目指しています。ナビの情報では、あと十三分っす〟

楠木のカーナビは、現地到着まで二十分かかると表示されている。

「管理官もご一緒か」

〝門前です〟

松永が答える前に本人が受話器を取った。

「失礼しました。管理官、お願いがあります。仙台ナンバーの黒いバンが、お年寄りの遺体遺棄に利用されたという情報があります。該当車に職質をかけるよう、山形県警にご手配いただけますでしょうか」

犯人が年寄りの遺体を遺棄するために黒いバンを使用したと証言をしたのは、たった一人しかいない。しかし、今は、その証言が正しいと信じたかった。

「松永、おまえは管理官を山形県警にお連れしろ。目撃情報を伝えて協力をとりつけてくれ。俺はあと二十分で、山寺駅に着く。こっちは、任せろ」

年寄りたちを全員解放するつもりだろうか。

とにかく母に会おう。事件解決の突破口になるかも知れない。

峠道の路面は積雪していた。急カーブでハンドルを切る度にスタッドレスタイヤが横滑りした。

気が逸(はや)ったが楠木は、アクセルを踏み込むのを堪えた。


山寺駅の駅舎は、その名の通り寺を模した建物だった。

楠木は車から飛び出すと、残雪に足を取られそうになりながら、駅舎に向かった。

ストーブを囲むように駅員と制服警官が立ち、背筋を伸ばした老婦人がベンチに座っている。

「母さん！」

「まあ、耕太郎、どうしたの。そんな怖い顔をして」

母の口調は、あっけらかんとしていた。

緊張と焦燥感で強(こわ)ばっていた楠木の全身から力が抜けた。そして、母の両手を握りしめながら、その場にへたり込んだ。

「良かった。無事で、本当に良かった」

「そんなに興奮しないで。ちょっと落ち着きなさい、耕太郎」

そう言う母は若返っているように見えた。

「先程、医師が往診に来られたのですが、健康状態は良好なので、入院の必要もないそうです」

母に付き添っていた警官が報告した。

「母さん、いくつか質問に答えて欲しいんだけれど、いいかな?」

「いいわよ」

駅員が、駅長室を提供してくれた。

「母さんは、なぜ、山寺駅に、いたんだ?」

「それは分からないの。入所者全員が車に乗せられてね。それで、ここで降ろされたの」

「車はワンボックスカーだった? 色は?」

「色? 黒っぽかったかしら。あれはワンボックスカーというの? 大きい車よ」

「一体今まで、どこに行ってたんだい?」

「何を言ってるの。あなたが、入院の手配をしてくれたんじゃないの」

「いや、それは違うんだよ。俺たちはずっと母さんを捜していたんだ。だから、教えて欲しい。どんな場所で過ごしてたんだ?」

「とても素晴らしい施設だったわよ。お医者様も、看護師さんも親切でね。一緒に滞在していたお仲間も、皆さんとてもよい人たちで」

「さっき、俺が母さんの入院の手配をしたと言ったよな。誰かにそう言われたのか」

「私の頭の病気を治療するために、あなたが、私を入院させたと先生は説明してくれたけど」

「先生の名前は？」

「田中先生と山田先生よ」

いかにも偽名ですと言わんばかりの名前だな。

「看護師は？」

「佐藤さんと鈴木さん」

いずれも、日本で指折りに多い名字ばかりだ。

四人の人相を覚えているかと聞くと、母は首を横に振った。

「私たちの治療には、感染症が命取りになるそうなので、皆さん、いつも大きなマスクをされていたの」

「それで、治療というのは？」

「あら、それは私じゃなくて、あなたの方が知っているんじゃないの」

母がその施設で目覚めた時には、既に手術が終わっていたのだという。具体的な治療内容は、家族に説明済みで、約二ヶ月ほど経過観察が必要なので、施設に滞在しているのだと説明を受けたらしい。

医者の言葉を信じ切っている母に、全てを打ち明けるべきか躊躇した。だが、息子としてではなく、刑事として手がかりが欲しかった。

楠木は、母が行方不明になった顚末を説明した。

「実は、お年寄りが徘徊したきり行方不明になる事件が、宮城市内で何件も発生していたんだ。だから、俺は母さんが入院している可能性が高い施設を調べていたんだよ。母さんが滞在した施設の住所は分かるかな」

「知らない。私たちは、社会のしがらみから解放された場所で、ストレス無く過ごした方がよいので、ピアの住所は伝えないという説明を受けたわ」

「ピアって?」

「施設の名前。みんなそう呼んでいた」

「それってエイジレス診療センターの中にあった?」

「一度、あなたと良恵さんに連れられて、一緒に行ったところね。だったら違うと思うわ」

母の断言に驚いた。

「やけに自信があるんだな」

「だって、看護師さんの制服が違ったもの」

母によると、エイジレス診療センターの看護師の制服はペパーミントグリーンだったが、ピアの方はクリーム色だったという。

「どんな建物だったか覚えている?」

「施設の庭に出たことはあるけど、周囲は林に囲まれて何もなかったわねえ」

第2VIP棟も林の中に埋もれるように建っていた。

「車に乗せられた時、窓の外には何が見えた？」

「えーと。カーテンが掛かっていたからねえ。あ、でも山道を走ってたわ」

「それ以外に、何か覚えていることはないかな」

母は、記憶を辿るように考えてから答えた。

「入所していたお仲間は皆さん、お年を感じさせない若々しい方ばかりだった」

目の前の母も以前と比べて、十歳以上は若く見える。それは、フェニックス7を移植されたからではないのだろうか。

「他には？」

「お二人が、急にお亡くなりになったの。ある日突然、割れるように頭が痛いとおっしゃったかと思うと、そのまま」

フェニックス7の投与の影響で脳細胞の増殖が止まらず、脳出血を起こしたのではないか。

証言としては不十分だが、認知症で徘徊して行方不明となり、数ヶ月後に遺体で発見された年寄りたちが、ピアにいた可能性はあり得るわけだ。

「亡くなった方の名前は？」

「お一人目は、私が到着した直後だったので、よく知らないの。お二人目は、確か元さんだったわね」

「元さんのフルネームは？」

仙台市議の父親は、江崎元義だ。

「分からない。プライバシー保護のためだからと、皆、本名は伏せられていたの。私も『ひささん』だったわよ」

楠木は、携帯電話に保存している江崎元義の顔写真を母に見せた。

「この人かな？」

「あっ、そうよ。この人が、元さん。この人も私のように徘徊から行方不明になったと言うの？」

楠木が頷くと、母の表情が曇った。

「母さんは、どうだい？　頭痛は？」

「ないわよ。私はこの通り、とても元気よ」

「施設にいる間、意識が朦朧としたり、気がついたら、知らないところにいたというようなことは？」

「つまり、ボケが出たかどうかってことね？」

楠木は苦笑いして頷いた。

「それが、まったくないのよ。明日からでも出勤できるほど、頭はすっきりしているわね。朝食に食べたものだってちゃんと覚えている」

母は、目を輝かせて楠木の両手を握りしめた。

それは良かった、と言いたいが、母の脳内には、いつ暴走が始まるかもしれない爆弾が埋め込まれていると考えた方がいい。

このまま、母が言う通り「すっきり」した状態でいてくれれば、どれだけ嬉しいか。

「それで、今日は、どうしてここに?」

「それが不思議でね。今朝急に、高橋先生という方がいらっしゃって、退院前に最後のテストを受けて戴くと言うのよ。テストというのはね、車に同乗して、駅など交通至便なところで降ろすので、そこから自力で自宅に戻ることだったの」

そして、母は、山寺駅で降ろされた。

「いざ切符を買おうとして、大事なことに気づいたの。お金を持っていなかったのよ。それで、駅員の方に、あなたに電話してもらったの」

母が覚えていたのは、自宅と宮城中央署刑事課の番号だったのだという。

ずっと、やりとりを聞いていた駅員が、口を開いた。

「お金がなくて困っているので、この番号に電話を入れてもらえないかと頼まれました。で、言われた通りにお電話すると、浅丘さんが電話に出てくれてね。それで、事情を説明したわけ」

アルキメデス科研を見学中、確かに署からの着信があった。あれは、浅丘からだったんだろう。だが、どうせ課長あたりが、楠木の独断専行に怒りの電話をしてきたと思ったので、折り返しもしなかった。

楠木が電話に出なかったので、浅丘は松永に連絡したのだろう。

「お世話になりました。ひとまず、母を連れて帰ります」

楠木は駅員や駐在に頭を下げると、母と車に戻った。

「そうだ、香り。ピアには、ずっとお香が焚かれていた。ほら、私の服にも染み込んでいるでしょう」

車に乗り込むなり、母が言った。そして、ネル生地のチェックのシャツの袖を息子の方に伸ばした。

楠木は、後部座席にあったレジ袋の中身を放り出して、母に言った。

「母さん、悪いんだけど、そのシャツを脱いでくれないか。その匂いが大切な証拠になりそうなんだ」

13

八時間のうちに六人の行方不明者が、山形県と秋田県で相次いで保護された。

門前らが迅速に動き、楠木の母親を含めた全員が、東北大学医学部の脳神経内科に緊急入院した。全員が脳のＭＲＩ検査を受け、脳の状態をチェックした。

その結果、保護直後から偏頭痛を訴えていた二人に、脳細胞が限界まで膨張しているという診断が下された。その原因だけでなく治療についても、東北大学の脳神経内科・外科の専門医たち曰く、「不明」だった。

この脳の異常事態に対処できるのは、アルキメデス科学研究所しかない。そこで門前が秋吉教授に協力要請すべきだと本部長に掛け合った。

楠木は、母の世話をした医師や看護師たちが、エイジレス診療センターに在籍しているかを確認した。田中、佐藤、鈴木など、よくある名字ばかりなのに、そのいずれもが在籍していなかった。

午前七時二十七分、警察庁幹部らと協議を重ねた結果、秋吉の捜索が許可された。

但し、老人救済の問題解決依頼が目的なので令状は発行されない。たとえ秋吉が発見されても、任意で協力を求めることしかできなかった。また、アルキメデス科研が、秋吉の居所を把握していたとしても、警察に伝える義務もない。

門前はさらに無理を訴え、パートナーとして楠木を指名した。

本部長は、刑事部長に相談の上、その希望も承認した。

併せて運転係として認められた松永と門前の三人で、楠木はアルキメデス科研に向かった。

その道中で科研に連絡を入れ、秋吉を呼び出した。

だが、不在だという返事は昨日と変わりなく、助手の周の所在を問うても〝今朝は、まだ出勤していません〟と交換手はいう。

両者の携帯電話の番号を尋ねると、〝個人情報に関わりますので、お教えできません〟と拒否された。

それを聞くと、門前が舌打ちをして、考え込んだ。あくまでも任意の協力要請である以上、強権を発動しにくい。

「あの、自分、アルキメ科研にツレがいるので、ちょっと探ってもらいますか」

珍しく安全運転をしている松永が、口を開いた。

「さすが、千佳ちゃん！　頼りになる！」

「おまえは、本当にどこにでも知り合いがいるなあ」

「いやあ、お褒めにあずかりまして、光栄っす。人脈は情報を得るための第一歩っすから。日頃から、宮城市、仙台市で交流会やパーティに顔を出しているのが、お役に立てて何よりっす」

楠木は車を道路脇に停めるよう、松永に命じた。

「係長？　何かありましたか」

「おまえは、一つのことしかできない。俺が運転を代わるから、そのお友達にしっかりと事情を説明して、秋吉教授と周さんを必ず捜し出すんだ」

「自分は運転しながらでも、大丈夫っす。上司に運転なんかさせられないっす」と松永は頑張ったが、強硬に運転を代わった。

松永はあちこちに電話を掛け続け、アルキメデス科研に着く頃に、ようやく通話を終えた。

「お待たせしました。やはり秋吉教授は、昨日から行方不明で、科研でも捜しているそうです」

楠木の脳内で、じわじわと膨らみつつある疑惑の塊がある。

「秋吉教授の携帯電話の番号は分かるか？」

「すみません、それは知らないそうです。探るようにお願いしました」

「秋吉の自宅（ヤサ）は？」

「科研内にあるそうですが、そちらにも、いないようだと」

「ようだとは、どういう意味だ！」

「えっと、電話で呼び出したけれど、出ないそうです」

「助手の方は？」

「彼女も、昨日の午後七時に科研を出たまま、行方が分かりません」

時刻は、まもなく午前九時になろうとしている。

「管理官、どうしますか」

門前は腕組みをしたままうなり声を上げている。

「秋吉教授捜索のための科研立ち入りは本部長より許可を取りましたが、あくまでも任意ですからね。だとすると、立ち入るには科研責任者の許可がいります」

だが、篠塚所長は米国出張中だ。

「松永、研究所には、事務長とかいないのか」

「えっと、いるんじゃないっすかねえ。ツレに聞いてみましょう」

車は、科研の正面ゲートに到着した。ツレの返事を待っている余裕は、なさそうだ。

楠木は、応対した警備員に「宮城県警だ。捜査のために事務長にお会いする。門を開けてくれ」と高飛車に言った。

「確認します」

「人の命がかかってるんだ。早く開けろ！」

楠木の剣幕が利いて、警備員がゲートを開いた。

楠木は正面玄関前に覆面パトカーを停車させると、入口に向かった。

「おはようございます。宮城県警の楠木です。事務長室はどこですか」

受付嬢は、目の前に突きつけられた警察手帳を凝視している。

「お約束は？」

「一刻を争ってる。大至急、事務長室にご案内いただきたい！」

今度も、強気の剣幕が奏功した。慌てて受付嬢が立ち上がり、案内に立った。

「係長、めっちゃ、かっこいいっす！」

耳元で松永が囁いた。

「失礼ですが、事務長とはお約束されているんですよね」

受付嬢が念押ししたが、楠木は無視した。

廊下の先に、事務長室という表札が見えた。

在室ランプは、不在を示す赤色が灯（とも）っている。

「中で待たせていただきます」

受付嬢は仕方なさそうにドアを開き、三人を招き入れた。

「なんだね、君たちは！」

小柄で額が後退した男性が、驚いてデスクの前で立ち上がった。

「早朝から失礼します。宮城県警刑事部捜査一課管理官の門前と申します。大至急、秋吉鋭一教授及び、周雪助手の安否確認の必要があります。連絡を取って戴けますか」

「安否確認って、いったい何事ですか」

「お二人の身辺に危険が迫っている可能性があります。なので、大至急安否を確認してください」

「どのような危険かを仰って戴かないと」

門前が両手でデスクを叩いた。

「事務長！　一刻を争うんです！　あなたのその杓子定規な遅延行為のせいで、お二人に万が一のことが起きた場合、責任が取れますか！」

楠木に刺激されたのか、門前は堂々と威嚇した。

「科研とエイジレス診療センターの間にある平屋に案内してもらえますか」

一息つく暇を与えず、楠木が畳みかけた。果たして、そこが本当に監禁現場なのかどうかは分からない。そもそも令状すらないのだ。ならば、秋吉と周の安否確認で押し通すしかない。

「理由を伺っても」

再び門前が、デスクを叩いた。

それだけで事務長は降参した。彼が内線電話で部下を呼ぶと、すぐに、若い男性が駆け込んできた。

「こちらの方々を、第2ＶＩＰ棟にご案内して」

「あそこへの立ち入りは、所長の許可が必要と厳命されています」

「公務執行妨害っていう罪を知っていますか」

松永が嬉しそうに参戦した。

下手をすれば、脅迫罪に問われるぞと思ったが、効果は覿面だった。それ以上、反抗せずに事務員は従った。

「ここは、私一人で行きます。松永、しっかり管理官をサポートしろ」

所長の許可が必要な施設に押し入る罪は、楠木一人が被るべきだった。

「あの、一体、何が起きているんですか」

関係者以外立ち入り禁止とある扉を解錠しながら尋ねる事務員の声は、震えていた。

「重大な犯罪です。あなたは、知らない方がいい」

事務員は何か言いたそうだったが、楠木が一睨みすると飲み込んでしまった。

石畳の歩道を進むと、足下から冷気が這い上がってきた。林を抜けると、灰色の平屋があった。

事務員がドアを内側に開けた瞬間、暖気と共に、お香の薫りに包まれた。母の上着と同じ匂いだ。

「君はここにいてくれ。誰も入れないように」

楠木は、先に進んだ。

館内は静かだった。人の気配もない。

少し行くと、学校の教室ほどの広さの部屋があった。娯楽室のようで、ソファが数脚置かれ、部屋の片隅には卓球台もある。

大型テレビもつけっぱなしで、画面の中では俳優と料理研究家が、ビーフシチューを賑やかにつくっている。

テーブルには、お茶や紅茶の入ったカップがそのまま残されている。

娯楽室の先に進むと、廊下を挟んで両脇にドアがある。その一つを開ける。強いタバコの匂いがした。入居者は男性のようだ。

ベッドの上に乱雑に脱ぎ捨てられたパジャマがあり、テーブルの灰皿は、吸い殻が積み上がっていた。

四室目が母の部屋だった。壁に貼った俳画で分かった。俳句をたしなむ母は絵も上手で、俳句に絵も添えて色紙に書くのが趣味だった。

念のために、片隅に記された落款(らっかん)を改めた。

達筆な草書で〝寿〟とある。母のものだ。

楠木は棟の外で待つ門前に連絡を入れた。

「現場を特定する証拠を手に入れました。やはり、ここで徘徊老人を監禁していました」

14

長い会議が終わり、自室に戻ったところで篠塚の携帯電話が振動した。会議中も、何度も呼び出しがあったのを無視していた。発信する番号は同じだった。

〝所長、お忙しいところ申し訳ございません。事務長の岡持でございます〟

いつも卑屈な愛想笑いを浮かべている岡持の顔が浮かんだ。

「お疲れ様です。何かありましたか」

〝実は、先ほど、宮城県警の家宅捜索が始まりまして〟

電波の状態が悪く、篠塚は窓際に移動した。

「家宅捜索とは、穏やかじゃないですね」

努めて鷹揚に返したが、心臓の鼓動は速くなっていた。

〝お留守の時に、申し訳ございません。何かの間違いだと思うのですが、第2VIP棟で、お年寄りを監禁していた疑いがあるというんです〟

いよいよ来たか。

いずれこういう日が訪れることは覚悟していた。

胃液が逆流してきた。

「それで……」

〝ですが、監禁されていたお年寄りなんて、一人も見つかりませんでした〟

なんだって！

何が起きている。

〝本当に酷い濡れ衣なので、抗議したんですが、警察は、第2VIP棟が監禁場所だと言って譲りません。理由を問うても、説明もしてもらえず、押し問答をしている間に、今度は家宅捜索令状を突きつけられたんです〟

事務長はこちらの動揺にまったく気づかず、まくし立ててくれるので、少し立ち直った。

「秋吉は、どうしていますか」

〝それが、昨日の午後から連絡が取れなくなっておりまして〟

「科研内にもいないんですか」

〝宿泊棟のお部屋にもいらっしゃらず、困っておるんです〟

「周さんは?」

〝同じく、昨夜から連絡が取れません〟

頭を切り換えた。ひとまずは、警察を追い出す方に集中すべきだな。

「令状は確認しましたか」

〝はい……〟

「こともあろうに、監禁などという濡れ衣を着せられるだなんて。どうして、事実無根だと、強硬に突っぱねなかったんです」

〝それが、最初は秋吉教授の安否確認をしなければならないので、連絡を取るようにと、言われたんです〟

そのどさくさに、第2VIP棟の捜索も行ったのだという。

「弁護士に連絡して、すぐに家宅捜索をやめさせてください」

科研の顧問弁護士は、I&Hの顧問を務める東京の大手法律事務所が担当している。

〝手配済みですが、東京から来られるので、あと数時間はかかるかと〟

役立たずめ。

「氷川理事長には、お伝えしたんですか」

〝それが、連絡がつかないんです。理事長秘書は、今は機上の人だと言ってました〟

そうだった。ワシントンDCに移動中だった。しかし、プライベートジェットだから電話は繋がるはずだ。

「I&Hの会長室長室に相談して、大至急連絡を取ってください。それと、警備部長に、私に連絡するようにとも」

次に、鋭一の電話にかけた。

だが、呼び出し音が鳴るばかりだった。次いで、周にもかけたが、同様だった。

鋭一と周にLINEで、大至急電話するようにメッセージを送ったところで、警備部長から着信があった。

「弁護士が来るまで、警察の家宅捜索を阻止してください」

警備部長の浪越(なみこし)は、宮城県警警備部の元部長だった。

〝所長、残念ながら、捜索令状が出てしまっている以上、止めようがありません。任意での捜索の段階で阻止すべきだったのですが、私はまったく与り知らないうちに、事務長が認めてしまったものですから〟

「とにかく、捜索に立ち会って、全てをビデオで記録してください」

〝それは行っておりますので、ご安心ください〟

「ちなみに、捜索対象は、第2VIP棟だけなんですか」

〝秋吉先生の研究室および研究棟の全てです〟

それはやり過ぎだ。

警察にフェニックス7関連のデータを押収する権利なんてない。

「研究データの押収には、絶対応じてはダメです。これは、国家プロジェクトに対する甚大なる冒瀆ですから、断固として拒否してください」

〝分かりました。努力致します〟

「浪越さん、努力じゃダメだ。絶対に阻止するんです。さもないと、理事長の逆鱗(げきりん)に触れますよ」

脅し文句を吐いてすぐに後悔した。元県警警備部部長には、理事長の怒りなんて何の効力もなく、電話は切れていた。

篠塚は大声で悪態をついてから、大友に連絡した。

〝大友でございます〟

「今、どちらですか」

〝自室におります〟

「警察の捜索は？」

〝私の部屋は対象外のようです。そのため独断ですが、所長室から重要なデータやPCのハードディスク等を、ここに移動致しました〟

大友の迅速な対応に安堵した。

「鋭一の研究室が捜索される時は、可能な限り、押収を阻止してください」

〝お言葉ですが、それは、却って警察の疑いを招きます。重要な物は、既に回収してありますから、静観されるべきかと。私も立ち会わない方がよいと思われます〟

そうだった。

篠塚は、自分が如何に動揺しているのかを思い知った。

うろたえては非を認めることになる。堂々としていればいいのだ。

そして、日本の夢と言われているフェニックス7の研究開発を妨害し、研究チームを冒瀆する行為に断固として抗議すべきだった。

〝それから、重要なお話がございますが、今お話ししても大丈夫でしょうか〟

篠塚は、自室のドアを施錠した。

「どうぞ」

〝秋吉教授のご提案で、ピアの入所者を全て解放しました〟

だから警察は、入所者を発見できなかったのか。

〝警察の捜査の手が伸びつつあったため、秋吉教授が独断で決行されました。それに、サンノゼでの治験が始まるならば、ピアでの治験は役割を終えたとも〟

「私に相談して欲しかったな」

〝申し訳ございません。秋吉教授が、絶対に所長に知らせるなとおっしゃったので〟

「鋭一は、何をやる気なんですか」

大友が沈黙した。

知っているが、答えられないという意味なのだろうか。

〝一つ、お願いがございます〟

大友の声で我に返った。

〝本日付で、退職させていただきたいと思います〟

「なぜです？」

〝私も、証拠ですから。私はここにいてはならないと思います〟

全身の血が一気に下がった。

「大友さん、まさか……」

自殺する気ではないですよね、という言葉は継げなかった。

〝ご安心ください。所長から戴いた貴重な命です。無駄には致しません。いずれにしても、警察の捜索が終わったら、回収したデータ等を持ち出して、暫し、身を隠します〟

「どちらへ？」

〝敢えて申し上げません。先生は、フェニックス７の治験が成功するまで、帰国なさらない覚悟で頑張ってください。そして、フェニックス７で、多くの悩める年寄りとその家族を救ってください〟

電話は切れた。

ただちに、帰国しなければ。

秘書にチケットの手配を頼もうとデスクに戻った時、卓上電話が鳴った。氷川からだという。

〝科研での騒動を聞いた〟

氷川の声は、普段とまったく変わらない。まるで、日常業務の打ち合わせをするかのように落ち着いている。

「私の不徳の致すところです」

〝君が謝ることではないよ。君や秋吉君は、研究に専念すれば良いのだからね。私の方こそ、迂闊だった。これほど早く県警の手が伸びるとは思っていなかった〟

「とにかく、すぐに帰国します」

〝それは、認めない。君には、このままＰ７の治験を進めて欲しい。安心したまえ。君と大友

技官が行っていた特別な研究についても、私が処理する〞

氷川は知っていたのか。

「理事長は、今、ワシントンＤＣに向かわれているのでは？」

〝予定を変更して、日本に向かっている。あと三時間ほどで、仙台空港に到着する予定だ。君は、一刻も早くＰ７の治験に取りかかるんだ〞

電話が切れているのに、受話器を握りしめたまま篠塚は動けなかった。

——自分一人が取り残されている。

疎外感というよりも、周りの人たちの決意を目の当たりにし、打ちのめされている。

罪を犯したのは、俺だ。

なのに、誰もが俺を司法の手から遠ざけ、フェニックス７の治験を進めよという。

祝田の諫言は間違っていない。

人に投与するには、まだ不確定要素が多すぎるのだ。

忌々しい父の言葉も蘇ってきた。

——結果を急ぐな。

父もまた、俺の秘密を、察知していたのだろうか。

ダメだ、こんな発想は、ダメだ。

——サンノゼでの治験が始まるならば、ピアでの治験は役割を終えたと、鋭一は大友に言った――まさか罪を被るつもりじゃないだろうな。

とにかく帰国して、全てを告白しよう。自分が罪を償えば、フェニックス7の研究は後進に委ねられるだろう。

だが、我々の後を継げる者が果たしているのだろうか。大学や科研にも、優秀な助手はいた。しかし、俺たち二人のような研究者は、いまだに現れていない。

そして、鋭一は今、死への階段を着実に上っている。

ここで、俺が研究から離れれば、それはフェニックス7の死を意味する。

しっかりしろ！　毒を喰らわば皿までだろ！　前進し続けるしか道はない。

後戻りという選択肢はない。

その時、スマートフォンがＬＩＮＥの受信を告げた。

鋭一からだった。

〝今、Ｓｋｙｐｅで話せるか？〟

15

「只今、氷川理事長から連絡があり、当機は予定を変更して、仙台空港に着陸致します」

うたた寝していた麻井は、飛び起きてＣＡに理由を尋ねた。

「直接、理事長にお電話くださいとのことでした」

電話を繋いで欲しいと頼むと、ＣＡはコードレスフォンを手にして戻ってきた。

「麻井です。仙台に向かう理由をお聞かせ戴けませんか」

〝科研に、宮城県警の家宅捜索が入ったらしい〟

「なんですって！」

〝徘徊老人を誘拐して、Ｐ７の人体実験をしたという容疑だそうだ〟

馬鹿馬鹿しくて笑い飛ばしたいような話だ。

「ご冗談を」

〝私もそう思う。問題は、真偽のほどではなく、科研に警察のメスが入ったことだ。総理は、国家機密扱いの科研を家宅捜索するなど言語道断だとお怒りだ。そして即刻中止するように警察庁長官に命じられた〟

なぜあなたが、そんなことまで知っているんだ。

というより、もしや、あなたが命じたのかと問いたかった。

「そこまで手を打たれているのに、なぜ我々を仙台に？」

〝私は警察を信用していない。面従腹背なんて、朝飯前だ。だから、彼らに厳しく対応できる権威を持つ者が必要なんだ。君と板垣さんは、うってつけだ〟

つまり、俺たちは、山門の仁王になれと?

〝丸岡理事長の許可は得ている。板垣さんには、君から、総理からのたってのお願いだと伝えて欲しい〟

氷川の一語一語に激しい怒りが籠もっている。

「でも、科研には秋吉先生がいるでしょう?」

〝彼が警察の楯になると思うかね?〟

確かに。

〝空港にヘリを待たせてある。警察庁からも幹部が、今、科研に向かっているそうだ。とにかく、県警関係者は、誰一人、アルキメ科研及びエイジレス診療センターに踏み入れさせないでくれ〟

氷川も帰国するのかと尋ねる前に、電話は切れた。

麻井は、最後尾にあるベッドでいびきをかいている板垣の方を見た。

CAによると、仙台到着まであと三十分ほどだという。

「冷たい水と濃いコーヒーを二人分お願いします」

そして、板垣を起こして欲しいと告げてから、麻井は手にしていたコードレスフォンで、丸岡を呼び出した。

〝ああ、やっと繋がった。今、どこだね?〟

板垣と二人で帰国途上にあり、今、氷川と話がついたと報告した。

〝そうか。助かった！　よろしく頼む〟

「警察は、何を考えているんですか」

〝宮城県警曰く、彼らなりの確信があるというんだ〟

丸岡によると、アルキメデス科研周辺で徘徊老人の失踪事件が相次いでおり、しかも、老人の多くは、数ヶ月を経て遺体として発見され、遺棄される前に解剖された痕跡があるのだという。

そこから先は、具体的な決め手を明らかにしていないが、これら一連の失踪高齢者連続死体遺棄事件にアルキメデス科研が関与した決定的な証拠が見つかったため、強制捜査に踏み切ったらしい。

「決定的な証拠って何です？」

〝アルキメ科研内に、行方不明者が監禁されていた証拠らしい〟

「そもそも、なぜ徘徊老人を監禁する必要があるんです？」

〝今、官邸が警察庁に確認中だが、遺体で発見された徘徊老人の脳に異常が見つかったそうだ〟

まさか、アルツハイマーだった年寄りの脳が元に戻っていたとかではないだろうな。

麻井は、怖くて丸岡に確認できなかった。

「理事長、今時、人体実験する研究者なんているわけがありません。しかも、科研が疑惑の対象になっているなんて、非常識にもほどがある」

〝だから、皆怒り狂っているんだよ。総理は、宮城県警幹部全員を逮捕しろ！　とのたまっている。令状を発行した裁判官もクビにするともな〟

最近の総理の所業には、異議申し立てをしたいことばかりだが、今回だけは、まったく同感だった。

「エイジレス診療センターを含めて、施設内に県警を入れるなと、氷川さんは仰ってますが」

〝そうしてくれ。警察庁の幹部にも協力してもらって、家宅捜索で押収した物、全てを取り戻してほしい〟

不意に、麻井の脳内でアラートが鳴った。

「あの、丸岡さん、いくら田舎の警察とはいえ、アルキメ科研が国家プロジェクトに関わっているのは知っているはずです。そこに強制捜査に入るというのは、余程の覚悟だと思うんです。本当に、科研は無関係なんでしょうか」

〝バカを言うな！　篠塚君や秋吉君が、そんな罪を犯すと思うか〟

否定する自信がなかった。

実は米国にも似たような事件がある。なかなか治験の許可が下りずに苦悩していた研究チームが、別の治験薬に紛れ込ませて、無許可で治験を行ったのだ。麻井がちょうどアメリカにいた頃に起きた事件で、よく覚えている。

世界的な権威と言われていた教授の下で研究を続けた精鋭たちによるチームで、ホワイトハウスに招かれて、大統領から直接激励を受けたこともあった。だが、そうした世界的注目が、却って教授や研究チームにプレッシャーを与えてしまい、犯罪に走らせたのだ。

〝麻井、とにかく、どんなことをしてでも、フェニックス7を守るんだ〟

麻井は、了解しましたと返して電話を切った。

まだ、心のどこかにわだかまりが残った。

シノヨシは追い詰められていなかっただろうか。

『BIO JOURNAL』に、フェニックス7に重大な問題発覚という記事が出たり、逆風が吹いていた。だから、いつまでたっても、治験フェーズに上がれない。

そうした状況は、シノヨシにとって、大きな負担だったろう。

加えて、麻井が気になるのは、先日会った時に秋吉が異様に痩せていたことだ。

深刻な病に侵されているのではないかという疑念を抱いた。

こうした状況によって、彼らが功を焦った可能性はゼロではない。

ちょうどCAがミネラルウォーターとコーヒーを運んできた。

「ああ、失礼。ありがとう。先生は、目覚めてくれたかな」

「また、お休みになられてしまったようで」

後方に目をやると、高いびきが聞こえてきた。

「じゃあ、もう暫く、あのままでいいですよ」

まずは冷水を一気飲みして、喉を潤した。そして、熱いコーヒーを一口啜った。

フェニックス7の治験は、氷川の強引なディールによって、米国で実施されることになった。だから、人体実験なんて必要なかったのだ。なのに、なぜ……。

眼下に陸地が見えてきた。日本の領空に入ったようだ。

「今、着陸の最終準備に入りました。シートベルトをお締めください」

16

家宅捜索令状を掲げて、宮城県警の捜査員らがアルキメデス科研に到着した。

楠木は門前と共に、秋吉の執務室に向かった。

執務室は整然としており、デスクの上には紙きれ一枚もなく、飲料水のペットボトルや食べ物もない。

「いつも、こんなきれいにしていらっしゃるんですか」

二人を案内した秘書に、楠木は尋ねた。

「ええ。研究内容が繊細なものですから。整理整頓を怠ると、研究に不具合が起きるため、徹底されておられます」

なるほど、天才らしい動機だった。

「助手の周さんも、今朝は出勤してきていないようですが」

「そうなんですか。彼女は朝が苦手なので、まだこちらに来ていないだけかもしれませんよ」

そこで、秋吉と周の携帯電話の番号を尋ねると、さしたる抵抗もなく、秘書は番号を教えてくれた。さっそくかけてみたが、いずれも電話に出なかった。

「秋吉教授は、自家用車をお持ちですか」

科研から消えたというのであれば、足が必要だった。科研は不便な場所にあり、どこへ行くにもバスかタクシー、あるいは自家用車が必要だ。楠木の質問に、秘書は頭(かぶり)を振った。

「持ってないと思います。そもそも運転免許を、お持ちではなかったと思います」

「周さんは?」

「国際免許は持っていますが、車はありません」

「科研に、黒いワンボックスカーはありませんか」

楠木はダメ元で問うてみた。

「私では、分かりかねます。総務で聞いて戴く方がよいと思います」

秘書は、アルキメデス科研について、あまりにも知らなすぎた。聞けば、秋吉が科研に移籍したのに合わせて、採用されたのだという。

「秋吉さんが、こちらに移籍されたのは」

「一ヶ月ほど前です」

そんな最近なのか。捜査本部で事件発生だと考えている時期は、もっとずっと前だ。

「移籍するまでにも、ここへは頻繁に来ていたんでしょう」

「それも、私では分かりかねます」

移籍前の秋吉のスケジュール管理については、所長秘書が担当していたのだという。


楠木が事情聴取を依頼すると、篠塚の秘書は所長室の隣室で受けると返してきた。

「秋吉先生が移籍される前の、アルキメデス科研に来るペースを伺いたいんです」

ショートヘアでモダンな眼鏡をかけた秘書は、いかにも有能に見える。

「秋吉先生は正式にはまだ、東大を離職されておられません。お尋ねの件については、二、三ヶ月に一度のペースです」

それだと、こちらの見立てに合わない。

「そんなことで、共同研究が可能なんですか」

「問題があったとは、聞いていませんが」

所長秘書は、防御ラインをしっかりと張っている。

「プライベートでは、いかがですか」

門前が尋ねると、「プライベートについては分かりかねます」と返された。

「『第2VIP棟』の存在はご存知でしたか」

「それがどうかしましたか」

「そこに、お年寄りが監禁されていたんです」

「何かの間違いではありませんか」

惚けているようには、見えなかった。

「それが、家宅捜索の理由なんですね」

「そうです」と返すと、秘書は困惑した。

「何か、気になることがあるんでしょうか」

「いえ。私は警察が濡れ衣を着せたのだと信じていたので、今、具体的な話をお聞きして驚いています。それで、『第2VIP棟』で、科研の誰が、お年寄りを監禁していたんですか。そして、何をしていたんですか」

楠木が説明すると、秘書は驚き、やがて、怒りに変わった。

「まさか、秋吉先生が、人体実験を行っていたと、警察は疑ってるんですか！」

「いえ、まだ誰も疑っていません」

秘書は、楠木の弁明を認める気はなさそうだ。

「お引き取りください。そんな疑惑を秋吉先生にかけるなんて、ありえません。失礼にもほどがある」

「まあ、そうおっしゃらず、一つ教えて欲しいことがあるんです。篠塚所長は『第２ＶＩＰ棟』について、何かご存知だった様子はなかったですかね」

微笑みを浮かべて、門前が丁寧に尋ねた。

秘書は立ち上がると、自席の固定電話を取り上げた。

「県警の方々にお引き取り戴きたいので、控室に人を寄越してください」

門前は慌てた。

「そんな無茶な。正式に令状を取って、家宅捜索を行っているんです。我々を排除なんて、できませんよ」

「私は、その令状を拝見しておりません。私は自発的に捜査にご協力しただけです。なので、お引き取りください」

まだ抗議しようとする門前を宥めて、楠木は部屋を出た。

「なんだ、あの態度は！」

門前は聞こえよがしに吐き捨てた。

その時、ヘリコプターのローター音が聞こえてきた。と同時に、門前の携帯電話が鳴った。

「あっ、本部長！　えっ、何ですって。それは捜査妨害では？　いえ……はい。ひとまずロビーに下ります」

門前が電話している間に、楠木は窓際からヘリコプターを見上げていた。

ヘリコプターの側面には「警察庁」と書かれている。

「楠木さん、警察庁からの撤退命令が出たそうです」

「どういうことです?」

「総理大臣命令だそうです」

17

「ガサ入れを中止するだけではなく、押収物を即刻返還って。そんなのは権力の濫用じゃないですか!」

ヘリコプターで東京から来襲した警察庁刑事局の審議官に向かって、門前が猛烈に抗議している。だが、審議官は説明する気もなさそうだ。

既に楠木らは、アルキメデス科研の建物はおろか、敷地内からも追い出されて、作戦車と呼ばれる大型のワンボックスカー内に押し込められていた。

「君らが押収したブツは、すべて特定秘密保護法で機密扱いにされたんだ。即刻、返却したまえ」

特定秘密保護法だと！　何だ、それは。

楠木には、それがなぜ、今、ここで話題になるのか、さっぱり理解できなかった。

「特定秘密保護法って、どういうことですか。アルキメデス科研は、民間の研究機関なんですよ」

相手が警察庁の上官なのにも構わず、門前が食ってかかった。

「ここで研究開発しているフェニックス7が、機密の対象だ。科研が民間かどうかは、問題ではない」

「審議官、意味が分かりません！　なぜ、再生細胞の研究開発に特定秘密保護法が適用されるんです？　犯罪の可能性があるのに見逃すんですか」

「理由は知らない。内閣府によって、それが機密扱いになっているんだ。したがって、我々が勝手に押収することは認められない」

審議官が、文書を突き出した。

そこには、「フェニックス7及び、その研究に関しての一切を、機密とする」と記されていた。

「機密扱いでも、事件の証拠として押収してはならないという条文は、ないはずです」

「門前、そこまでだ。すでに、総理命令で、一切の捜査を認めないという判断が下されているんだ。命令に従え」

　審議官はとりつく島がない。

「管理官、素直に従いましょう」

　楠木は既に白旗を揚げている。

　とにかく、全面撤退しかない。

　門前はなおも食い下がるべく抵抗しているが、これ以上は無駄だった。事件には、アルキメデス科研の中枢部が関与していた可能性が高いと確信した。そうでなければ、政府が、こんな強引な介入はしないだろう。

　そして恐ろしいことに法律が彼らを護るのか……。

「楠木警部補、君には取り調べを受けてもらうので、そのつもりで」

「どういうことですか！　なぜ、楠木係長が取り調べを受けるんですか」

「アルキメデス科研の事務長によると、楠木警部補が科研側の制止を振り切って、構内に入ったという。その上、虚偽の申告で事務長を騙して、強引に捜査を行った疑いがある」

　まあ、その疑いは間違いではないな。

「だとすれば、私も同罪です」

「管理官、僭越ですが、これは私の問題です。あなたは、私を何度も止めてくださったじゃないですか。これ以上の庇いだては、無用です」

「楠木さん！」

門前はまだ何か言おうとしたが、審議官の指示で、車外に連れ出されてしまった。他の捜査員たちも車外に出るように命じられた。

車のドアがしっかりと施錠されたのを確認してから、審議官が切り出した。

「御配慮を感謝します」

「御配慮とは？」

答えはなかったが、おそらく門前を庇ったことを指しているのだろう。

「まず、念のために言っておきますが、今後の捜査は厳禁です」

これは問答無用の決定事項なのだと、審議官の張り詰めた態度で理解した。二人きりになって口調が丁寧になったのは、彼なりの誠意なのだろう。

「つまり、相当深刻な事件――なんですね？」

「私は、詳しくは分かりません。これは警察庁長官直々の命令で、私はここに差し向けられました」

イエスと言っているようなものだな。

「国家プロジェクトのためには、一般市民は犠牲になれと？」

「楠木さん、それは極論が過ぎるでしょう。そもそも、あなたは何を摑んでいらっしゃるんですか。管内で徘徊中の年寄りが行方不明になるなんて、別に特別な事件ではないでしょう」

「行方不明になった場合、その数日後には、遺体で発見されるのが一般的なんです。しかし」

審議官が右手を挙げて制した。

「あなたと細かい話を議論するつもりはありません。これ以上捜査しないという誓約書に署名して戴きたいんです」

手回しよく文書が突き出された。

総理の意向なのか、警察庁長官命令なのかは知らないが、犯罪に目をつぶるなんてできない。

しかも、こんなふうに高圧的に捜査を取り上げることを許せば、社会は闇じゃないか。

「審議官、本当にこんな横暴が、まかり通ってよろしいんでしょうか」

「楠木さん、青臭いですよ。それよりもさっさと署名してください」

抵抗しても無駄だった。

だが、これを呑んだら、俺は家族を犠牲にまでして心血を注いできた刑事という仕事を、冒瀆することになる。

「審議官、申し訳ありません。あなたのご意向には沿いかねます」

楠木は立ち上がった。

「待ちたまえ。君の母親も、被害者の一人だったそうじゃないか」

「母が被害者だったから、事件にこだわっているわけではありませんよ」

「それは、どうもでいい。もし、君の妄想的推理が正しい場合、母親はいずれ脳に問題を起こさないのかね」

「それが、どうかしましたか」

「エイジレス診療センターが、徹底的な検査と治療を、無償で行うと言ってくれているんだ」

18

仙台空港に着いた麻井は、慌ただしくプライベートジェットから降ろされ、アルキメデス科研が用意したヘリに乱暴に押し込まれた。そして科研の上空にさしかかった時に、大量のパトカーや装甲車が詰めかけているのが見えた。

「テロにでもあったみたいな物々しさだな。やっぱり、私は帰らせてもらうよ」

板垣が吐き捨てた。着いたのは仙台空港だったと知った時から、彼はずっと怒りをまき散らしている。

氷川が電話で説得しても、一向にその怒りは収まらなかった。

「今さら、そんな子どもじみたことはよしましょうよ、先生」

「いいかね、人体実験の疑惑が起きるだけでも、科学者として恥なんだ。そんな奴らに加担なんてしたら、私も君も人生が終わるんだぞ」

大袈裟な。

「板垣先生、ここは日本のためだと覚悟して、腹を括りましょうよ」

「何が日本のためだ。氷川の我欲を守るためだけじゃないか。Ｐ7はもう諦めた方がいい」

なんて勝手な男なんだ。サンノゼで大演説をぶったのを忘れたのか！

世界で注目されているフェニックス7を泥まみれにしてはならないという使命は、一企業を守るためではない。日本の将来のためなのだ。

ヘリコプターが、アルキメデス科研の屋上ヘリポートに着陸した。

「お疲れのところ恐縮です。アルキメデス科研理事長室の牧田と申します」

強風が吹く中、コートも着ずに出迎えた男性は、板垣の腕を取り、誘導した。

役員応接室に通されると、温かい飲み物が運ばれてきた。

「既に、東京から警察庁の審議官も到着され、現在は宮城県警が押収した物の返却作業が行われています。麻井さんには、その現場に立ち会って戴くように氷川から申しつかっています。それから、先ほど総理から連絡があり、板垣先生と直接お電話でお話ししたいとおっしゃってまして」

「何、時臣君が直接かね？」

怒り狂っていた板垣の表情が緩んだ。

現金な男だ。

牧田がコードレスフォンで、総理に電話をかけた。すぐに繋がったようで、板垣に手渡した。

「ああ、時臣君、板垣だ。いやいや別に疲れてはおらんよ」

ご機嫌で、総理のファーストネームを呼ぶ板垣に呆れていると、牧田に室外へ連れ出された。

「県警が押収物を返却中ですので、そちらへご案内します」

「私が立ち会って何か意味があるんですか」

エレベーターホールに移動しながら、麻井は尋ねた。

「麻井さんのような政府のお偉いさんがいらっしゃるだけで、先方は真面目に作業をしますので」

やっぱり、山門の仁王か。

19

ノートパソコンの画面に映っている鋭一の顔は、妙に明るくとても病人には見えない。

〝なんだ、幹。疲労困憊って顔してるぞ〟

「おまえは、なんでそんなに元気なんだ?」

〝燃え尽きる前のロウソクの炎現象だな、きっと〟

縁起でもない。

「鋭一、何をするつもりだ」

画面いっぱい鋭一の顔が大写しで、その背景は、ほとんど見えない。居場所を知られたくないのか。

〝終活ってやつかな。あんまり気を揉むな。おまえには、ラストスパートという重大な責務があるんだからな〟

「今さら、どこに就職するつもりだ」

〝下手なだじゃれを言えるのなら、まだ大丈夫だな、幹〟

「科研に、宮城県警の家宅捜索が入ったのは知っているのか」

〝みたいだね。安心しろ。ピアの皆さんには、社会復帰してもらった〟

「フェニックス7で脳細胞の増殖が止まらなかったら、どうする?」

〝その時は、その時だ。皆、知的な若さを取り戻して大喜びしてくれたんだ。悔いはないだろう〟

「警察は、おまえや雪ちゃんを捜しているんだぞ」

〝さっき、理事長様から連絡があってね。家宅捜索は中止となったそうだ。押収物の返却作業が始まっているし、無論、捜査も打ち切りだ。さすが理事長様は凄いね。僕たちのやっていたことを、全てご存知だった〟

「僕たちじゃない。これは俺だけの問題だ。おまえは無関係だろうが」

〝幹、もはや、僕もおまえのお仲間だ。おまえがピアで治験を行ったから、P7の致命的な欠陥が分かったんだ。大いに意味のあることだった〟

だが、それによって数人が亡くなっている。

「あれは治験じゃない。人体実験だった」

〝仕組みも理論も分からないお上のバカどもがOKと言えば治験となり、ダメだと言ってるのに研究者が勝手に移植したら、人体実験となる。でもやっていることは、同じだろ〟

篠塚自身、何度そう自分に言い聞かせてきたか。だが、それがまかり通れば、日本は法治国家でなくなる。

そんなことぐらい鋭一は、重々承知なのだろう。

「鋭一は、この後どうするつもりだ」

〝静かに、旅立つ準備をするさ。まあ、もって一ヶ月だろうからね。愛する女と残りの時間を楽しむよ。なあ幹、僕はおまえと出会って、本当に幸せな人生が送れたよ」

「鋭一、今、どこにいるんだ！」

〝僕みたいな出来損ないが、こんな凄い研究に携われたのは、幹のお陰だ〟

「何を言ってる。おまえが天才だからフェニックス7が生まれたんだ」

〝確かに僕の発想力は、天才的な側面もあるけどさ。幹の構築力と修正力、そして、粘り強くトライアル&エラーを続けてくれたからこそ、ここまで来られたんだ。僕一人なら、とっくに大学もクビになって、今頃、ホームレスになってたよ〃

人の気も知らぬように画面の向こうの鋭一が笑っている。

〝叱られるかも知れないが、僕は、神になりたかったんだよ〃

「ウソをつけ。おまえは、科学万能主義を嫌っていたじゃないか。人間はもっと謙虚になるべきだ、死ぬこと、ボケることを畏れてはならないというのがおまえの持論だろ」

〝そう言えば、おまえが喜ぶからだよ〃

舐めてんのか！

〝僕は人生でたった一人、親友と呼べる奴を見つけた。そいつは、僕の欠点を含めて、僕を受け入れてくれた。だから、僕は頑張れたんだよ。必死でP7を完成させたいと悪戦苦闘する親友を助けたい。それが、僕の集中力を保たせたんだ。心から感謝している。ありがとう〃

「鋭一、お願いだ。ちゃんと会って話そう。こんな方法で話すのは、ダメだ」

突然、周が画面に現れた。

〝幹さん、こんにちは。鋭一先生のことは、もう心配しないで。私が、しっかり最期まで看取りますから〃

「そんなことはもう聞きたくない。君たちはどこにいるんだ」

〝そんなことはどうでもいい。それよりもおまえに伝えておかなければならないことが、いくつかある〟

鋭一も周も、篠塚の説得に応じるつもりはないらしい。

〝まず、理事長様からの伝言だ。P7は、全ての研究内容に対して、特定秘密保護法の機密扱いとなったので、今後一切、研究内容について、外部に流れる心配はなくなったそうだ。事件捜査は終結し、科研にかけられていた疑惑も、一掃される〟

「特定秘密保護法だと！　どういうことだ‼」

〝詳しくは知らない。要するに何でも隠してくれる魔法のマントらしいぜ〟

氷川に絶大な影響力があるのは承知しているが、警察まで思い通りに動かしてしまったのか。

〝ピアから解放したお年寄りのケアについては、エイジレス診療センターが対応する〟

「フェニックス7移植の件は、誰も知らないぞ」

〝ピアで手伝ってくれた看護師さんが二人いるだろ。彼女たちに、協力してもらう〟

大友の親しい看護師たちで、詳細を知らされず、入所者の健康管理をしてくれた。

〝僕も問題の発生に対応する。命ある限り、だけどな。解放する時に、各人には糖尿病及び高血圧の数値を上げないような生活習慣を守るよう、厳命してある。あとは、自己管理してもらうしかないよ〟

PKを全て解放した鋭一の判断に異論はあるが、今後のケアについては鋭一の処置に期待するのが最善かも知れない。

〝心配なのは、メディアだけど、今のところはどこにも勘づかれていない。『暁光』の香川毬佳とトム・クラークには要注意だが、それは理事長様が対処すると言ってる〟

「あの二人は、カネでは転ばないぞ」

〝理事長様なら、なんとかするんじゃないの〟

そうかもしれない。だが、徘徊老人の失踪と遺体遺棄の関連について捜査していた刑事が、メディアにリークする可能性だってあるじゃないか。

「警察とメディアが組んだらどうなる?」

〝安心しろ。P7の影響だと彼らが推理したとしても、そんな痕跡は、脳に残っていない〟

移植した段階で、フェニックス7がその人自身の細胞となって増殖するからだ。薬物反応や、当人と異なるDNAが、残留し検出されることもない。

「真希ちゃんや千葉が、メディアに訴えるかもしれんぞ」

〝そういえば、真希ちゃんをクビにして日本に追い返したそうだなあ。バカなことを。彼女は賢いから色々と想像するだろうけど、何もしないよ〟

「なんだ、その根拠なき自信は?」

〝真希ちゃんは、僕らの情熱を分かってくれる。彼女がP7の前途を妨害するとは思えない〟

だが、世の中は、おまえの思惑通りにはいかない。

祝田や千葉が、どんな行動に出ても、篠塚は甘受するつもりだった。

〝それと、千葉ちゃんの方は解雇を撤回させたので、明日から科研に戻る。こっちにＰ７が分かる者が誰もいないのは、困るからな。理事長様に談判して、千葉ちゃんを主席研究員にして、給料も倍にしてもらう。あと、そうだ。大友さんの件だけど、彼は安全な場所に移動中だと、さっき連絡があった。居場所は聞いていない。ピアでの治験データなども全て回収しているから、幹は安心してアメリカで頑張って欲しいということだ〟

どいつもこいつも相談もなく、厄介ごとを背負い込んで、俺にフェニックス７の治験を押しつけている。

皆、勝手が過ぎないか。こんな風にバトンを託された俺は、どうしたらいいんだ。

〝さて、幹、僕はもう疲れた。ちょっと休む〟

「待て、鋭一――。俺たちは、正しかったんだろうか」

正しいわけがない。

〝おまえは、いつだって、正しいよ。これから先もずっとだ。おまえがやろうとしていることを実現するために、それなりの犠牲は必要なんだ。だから、後ろを振り向かず、前へと突き進め。僕や大友さんは、身代わりに見えるかもしれないが、それは違うぞ。おまえに「希望」という重荷を押しつけて、表舞台から降りるんだ。おまえは犠牲者なんだ〟

そんなことを言うな！

〝自分を責めるな、幹。さっさと逃げる、僕たちを恨め〟

「その通りだ。おまえらは、卑怯だ！」

〝みんな与えられた役割があるんだ。おまえは、Ｐ７という奇跡を実現する役を与えられたんだ。だから大いに威張って、世界中のお年寄りに希望を与えるんだ〟

おまえは、それで平気なのか。

〝雪、幹に挨拶しろよ！〟

周が画面に戻ってきて鋭一に頬を寄せた。

〝幹さん、頑張ってね！　またいつか。再見！〟

そこで画面が暗転した。


一週間後、米国でフェニックス７の治験がスタートした。

その後、篠塚らの所業に言及した報道は、一切なかった。

そして、一ヶ月後、日本の内閣総理大臣が、篠塚幹と秋吉鋭一のチームが長年研究をしてきた、アルツハイマー病を治すＩＵＳ細胞・フェニックス７の治験を、日本国内でも半年後を目処に行うと発表した。

エピローグ

三ヶ月後――。

フェニックス社から提供されたサンノゼの豪邸で、篠塚は家族と水入らずの夕食を楽しんでいた。

「本当に、ここで暮らす気なの？」

妻の晶子は、まだ半信半疑だ。

「私は、友達と離れるの嫌だ！」

中学生の早菜は、そう宣言した。

高校生の淳平は、黙々と食事を続けている。既に、篠塚とは父子の断絶が起きている。サンノゼに来て三日目だが、ほとんど会話が成立してない。

それも当然だろう。この十年、篠塚は家族を顧みず、研究に没頭してきた。尤も、フェニックス7という偉大なる発明となって結実したのだから、その甲斐はあった。

だが、子どもたちにとって、父親は死んだも同然だった。

息子が友人に「両親は離婚しているようなものだ」と語ったと妻から聞いた時は、さすがにショックだった。

「淳平は、どうだ？」

「どうって？」

「ここでみんなで一緒に暮らさないか」

「どっちでも」

「やだよ！　お兄ちゃんも、日本がいいって言ってたじゃん！」

妹を睨み付けて、淳平は黙った。

「まあ、急に言われてもすぐに答えられない話だから、じっくり時間をかけて決めましょうね」

晶子はそう話を切り上げてくれた。

篠塚は、自分は父と同じなのだと痛感していた。

研究が何より大事で、家族の犠牲は当然というのが、父の考え方だった。

あんな父親にはならない。

晶子と結婚した時、そして淳平が生まれた時、固く誓ったのに。

テーブルの上でスマートフォンが振動した。氷川の看護師からだ。電話を取ると、席を外した。

〝会長が、ご連絡するようにと〟

「いよいよ、ですか」

このところ、氷川の脳の状態が不安定だった。主治医の荻田の話では、原因は不明だが急速に脳細胞が死滅する事態になっていた。生活に大きな支障はまだないものの、アルツハイマー病の発症であろうと荻田から告げられていた。

篠塚に拒否権はない。

「分かりました。明日の便で帰国します」

*

麻井は小石川植物園に入ると、正門近くの遊歩道を左に折れた。桜の季節が終わったせいか、来園客はほとんどいない。ツツジが見頃になるのは、もう少し先だ。

コンクリート塀に沿って、鬱蒼とした林が続く遊歩道を歩いた。人目を避けて会う必要があるとしても、もっと良い場所はあったろうに。

スパイごっこ気分か。

フェニックス7についての疑惑が麻井の耳に入ったのは、先月のことだ。

噂を聞いたのは、仙台で行われた日本認知症学会の最終日だった。つきあいで渋々参加した懇親会の二次会で、偶然隣り合わせになった地元の医師から聞いた。

彼によると、重いアルツハイマー病の治療で宮城市内の診療所に通っていた七十九歳の男性が、数ヶ月行方不明になった後、自宅に戻ってきた。そのうえ、それまでは日常生活もままならなかったのに、帰宅した時は周囲が驚くほど回復しており、発症前の状態に戻っていたという。

神隠しにあった老人が、若さを取り戻して家族の元に帰ってくる。そんなおとぎ話のような出来事があったんだと、地元医師は興奮して話した。

ただし、その老人は、脳出血であっという間に亡くなったのだという。

それを聞いた麻井は、科研の家宅捜索を阻止した時の事を思い出したのだ。

宮城県警の抗議に耳も貸さず、麻井は粛々と押収物の返却作業に立ち会った。

作業が終わり、科研のスタッフと共に返却物の最終チェックをしている時に、捜査官が再び姿を現し、麻井を部屋の隅に連れて行った。

――麻井さんは、フェニックス7の開発の、政府の責任者だそうですね。ここで行われていたことは、どう考えても異常です。ぜひ、一度、私の話を聞いて戴けませんか。

男は、名刺を麻井に押しつけた。

何が異常なのかと尋ねると、彼は、麻井の耳元で「フェニックス7の人体実験です」と囁いた。

　バカな！　と一蹴した。

　それでも、気になって翌日、宮城県警を訪ねてみた。だが、名刺の相手は、長期休暇を取っていて、会えなかった。

　その後は、米国でのフェニックス7の治験にオブザーバー参加することが決まり、再びサンノゼに戻ったために、いつのまにか捜査官の件は忘れていた。

　だが、このおとぎ話を聞いて胸騒ぎを覚えた麻井はすぐに、名刺の相手にショートメールを送った。

　その返信が昨日、あった。

〝会ってお話できませんか〟という提案に応じて、小石川植物園までやってきた。

　丘に上る階段があり、上り切ると視界が広がった。その先に待ち合わせ場所の売店があった。数人の客が、縁台に座って茶を飲んでいる。

　そこにいたスーツ姿の男性が、麻井に気づいて立ち上がった。

「門前です。ちょっと歩きませんか」

　麻井は頷いて門前に続いた。

　しばらく歩いてから門前は、「小石川養生所の井戸」のそばにあるベンチに腰を下ろした。

　麻井が横に座ると、門前が缶コーヒーを差し出した。

コーヒーを受け取り、麻井は一口啜った。

門前は、周囲に目を配っている。

「フェニックス7の人体実験について、どの程度ご存知ですか」

「いきなり何を言い出すんです」

「連絡をくださったということは、何らかの疑惑をお持ちなのでは？」

「学会で、妙な噂を耳にしたものでね」

麻井が噂の詳細を伝えると、門前が鞄から分厚い封筒を取り出した。

「ここに、その噂の真相が分かる資料があります。日本政府は、その証拠を摑もうとした我々を妨害したんです」

受け取るべきかを迷った。

そんな事実を知りたくない。いや、知ってはならないと脳内で警鐘が鳴り響いている。

「あの井戸は、赤ひげ先生がいた頃から、あったそうですね」

いきなり何を言い出すのかと思ったら、小石川養生所の井戸の話だった。

植物園は、江戸時代に貧しい人たちを治療した小石川養生所の跡地にある。黒澤明の映画『赤ひげ』も、その養生所が舞台だった。

「青臭い話ですが、医は仁術であるべきでは？」

門前はそれだけ言い残すと、一度も振り向かず丘を下りていった。

＊

「本当によろしいんですか」

　篠塚の念押しを氷川は鼻で笑った。

「そのために、君に頑張ってもらったんだ。やってくれ」

　目白の氷川邸に設けられた診察室にいるのは、専属の看護師、瀬田だけだった。主治医の荻田はいない。

「早速頼む。今日もいろいろと忙しくてね」

「今日は安静にして戴く方が良いのですが」

「何かあったら、瀬田さんの指示に従うよ」

　米国でのフェニックス7の治験は順調で、まもなく日本でも治験が開始される。

　あと少しだから待ってはどうかと進言したのだが、「この一ヶ月、急速にボケが進んでいる。荻田君から聞いたと思うが、どうやら私のアルツハイマー病は、進行性のようだ。だから、今すぐ移植して、食い止めたい。二ヶ月後には、大型買収（メガ・ディール）も控えているんだ」と言って譲らなかった。

「では、始めます」

フェニックス7のために開発した移植装置を作動させると、篠塚はサンノゼから持参した最新バージョンのフェニックス7を、氷川に移植した。

アメリカでは合法だが、日本では未だに違法のＩＵＳ細胞は、瞬く間に氷川の頭に入っていった。

＊

さらに半年後――

楠木は、母と妻の三人で、山形の山寺芭蕉記念館を訪れた。

紅葉の鮮やかさが目に痛いほどだ。

母は早速モミジの下のベンチに陣取り、スケッチブックを開いた。水彩絵の具で描き始めると、手際良く十五分ほどで一枚仕上げてしまう。

そして、最後に一句添える。

「よい天気で、最高の紅葉狩りね」

ベンチから立ち上がる母は、とても八十代には見えない。髪も黒々として、肌の艶(つや)も良い。

先月、柔道の稽古中に膝を痛め、すっかり白髪が増えた楠木の方が、老いぼれに見える。

「お義母様の若々しさには、ついて行けませんわ」

潑剌とした母に、妻の良恵が苦笑いしている。

「何を言ってるの。今でも、市民マラソンに参加している良恵さんには、到底勝てないわよ。私の場合、若いのは気持ちだけよ」

そうかもしれない。そして、あの日以来、「過ぎたことではなく、未来に目を向けよう」が、母の口癖になった。

母には、アルキメ科研内での疑惑については詳しく説明してない。科研内のピアで何があったのかも尋ねていない。

失踪高齢者連続死体遺棄事件の捜査本部が解散した二ヶ月後に、楠木に異動の辞令が出た。山形県境に近い、辺鄙な場所にある駐在所勤務だった。

犬猿の仲だった捜査一課長による左遷なのか、アルキメデス科研に対して強引な捜査を行ったことに対する上層部からの懲罰なのかは分からない。

しかし、今は風光明媚な場所で、のんびりと職務をこなすのが気に入っている。このまま退職まで勤めて、宮城市内の自宅に戻るもよし、静かに山里暮らしを続けてもよし。

それでも、母の若返りぶりを見るにつけ、複雑な気分になる。

母こそ、アルキメデス科研で起きた犯罪の証拠だった。同時に再生医療の恩恵があったからこそ、母はもう一度人生を謳歌できている。

人体実験など絶対に許せないし、国家権力によって事件が隠蔽(いんぺい)されたことに絶望もした。

だが、母は元気で幸せそうだ。

これでよかったのかもしれない——、そうとしか言いようがなかった。

その時、携帯電話が鳴った。

懐かしい名前が、ディスプレイに浮かんだ。

松永千佳——。

「久しぶりだな。どうした」

〝係長、超ご無沙汰っす！　お元気っすか〟

「おまえは元気そうだな」

〝自分、元気だけが取り柄っすから〟

どういう作用が働いたのかは分からないが、松永は半年前から捜査一課で頑張っている。

「それで。何か、ご用かな？」

〝さっき、門前さんから電話がありまして〟

懐かしい名前だ。

〝Ｉ＆Ｈの氷川会長が、急死したそうなんす〟

「アルキメ科研の理事長の氷川か」

〝そうっす。しかも、プライベートジェットで移動中に、突然激しい頭痛に襲われて、そのまま亡くなったとか〟

それが何を意味するのか。

楠木は聞きたくなかった。

「そうか」

〝係長、これって天罰っすよ〟

おまえは、本当に素朴なバカだな、松永。

見上げた空に、高みを目指す二筋の飛行機雲があった。

（了）

謝　辞

本作品を執筆するに当たり、関係者の方々から、様々なご助力を戴きました。深く感謝申し上げます。

お世話になった方を以下に順不同で記します。

ご協力、本当にありがとうございました。

なお、ご協力戴きながら、ご本人のご希望やお立場を配慮して、お名前を伏せさせて戴いた方もいらっしゃいます。

柳田充弘、後藤由紀子、京都大学iPS細胞研究所
小林美保、吉川学、谷口健
高山善文、福嶋一敬
金澤裕美、柳田京子、花田みちの、河野ちひろ
砂田頼佳、鈴木麻里奈、捨田利澪

（順不同・敬称略）

二〇二〇年二月

主要参考文献一覧（順不同）

『細胞から生命が見える』　柳田充弘著　岩波書店
『素顔の山中伸弥　記者が追った2500日』　毎日新聞科学環境部著　ナカニシヤ出版
『iPS細胞大革命　ノーベル賞山中伸弥教授は世界をどう変えるか』　朝日新聞科学医療部著　朝日新聞出版
『iPS細胞が医療をここまで変える　実用化への熾烈な世界競争』　山中伸弥監修　京都大学iPS細胞研究所著　PHP研究所
『研究不正　科学者の捏造、改竄、盗用』　黒木登志夫著　中央公論新社
『背信の科学者たち　論文捏造はなぜ繰り返されるのか？』　ウイリアム・ブロード／ニコラス・ウェイド著　牧野賢治訳　講談社
『捏造の科学者　STAP細胞事件』　須田桃子著　文藝春秋
『再生医療の光と闇』　坂上博著　講談社
『脱認知症宣言　薬では治せない脳萎縮――分子化学が教える「海馬」救出法』　後藤日出夫著　健康ジャーナル社
『認知症・行方不明者1万人の衝撃　失われた人生・家族の苦悩』　NHK「認知症・行方不明者1万人」取材班著　幻冬舎
※右記に加え、政府刊行物やHP、ビジネス週刊誌や新聞各紙などの記事も参考にした。

本書は、「サンデー毎日」二〇一八年四月二十八日号〜二〇一九年七月十四日号に掲載された連載「神域」を加筆修正のうえ、上下に分冊しました。

装丁　岡田ひと實（フィールドワーク）
写真　Getty Images

真山仁（まやま・じん）

一九六二年生まれ。大阪府出身。同志社大学法学部政治学科卒業。新聞記者・フリーライターを経て二〇〇四年、『ハゲタカ』でデビュー。主な著書に『マグマ』『ベイジン』『レッドゾーン』『プライド』『コラプティオ』『黙示』『グリード』『そして、星の輝く夜がくる』『売国』『雨に泣いてる』『当確師』『海は見えるか』『バラ色の未来』『標的』『オペレーションZ』『シンドローム』『アディオス！　ジャパン　日本はなぜ凋落したのか』『トリガー』など。

この作品はフィクションです。実在の人物・
団体・事件などとは一切関係ありません。

神域（下）

印刷　二〇二〇年二月二五日
発行　二〇二〇年三月五日
著者　真山仁
発行人　黒川昭良
発行所　毎日新聞出版
〒一〇二－〇〇七四
東京都千代田区九段南一－六－一七　千代田会館五階
営業本部　〇三（六二六五）六九四一
図書第一編集部　〇三（六二六五）六七四五

印刷　精文堂印刷
製本　大口製本

ISBN978-4-620-10848-3

毎日新聞出版　好評既刊

アディオス！ジャパン
日本はなぜ凋落したのか

真山仁　著

日本は終わった国なのか――。

著者自ら震災被災地や沖縄、阪神工業地帯など国内外を歩き、独自の視点で日本の危機的状況の原因を探る。

我々が生き残る術を提起する意欲作。


978-4-620-32547-7　1600円＋税